Bianca™

Por venganza y amor
Caitlin Crews

Editado por HARLEQUIN IBÉRICA, S.A.
Núñez de Balboa, 56
28001 Madrid

I.S.B.N.: 978-84-9000-417-3
Depósito legal: B-23627-2011
Editor responsable: Luis Pugni
Preimpresión y fotomecánica: M.T. Color & Diseño, S.L.
C/ Colquide, 6 portal 2 - 3º H. 28230 Las Rozas (Madrid)
Impresión en Black print CPI (Barcelona)
Fecha impresion para Argentina: 13.2.12
Distribuidor exclusivo para España: LOGISTA
Distribuidor para México: CODIPLYRSA
Distribuidores para Argentina: interior, BERTRAN, S.A.C. Vélez
Sársfield, 1950. Cap. Fed./ Buenos Aires y Gran Buenos Aires,
VACCARO SÁNCHEZ y Cía, S.A.
Distribuidor para Chile: DISTRIBUIDORA ALFA, S.A.

Capítulo 1

APOYADO en la barra del bar, Nikos Katrakis era, con diferencia, el hombre más peligroso a bordo de aquel lujoso yate en las mediterráneas aguas de la Costa Azul, bajo el sol del atardecer. Era tan viril y misterioso que a Tristanne Barbery se le cortaba el aliento cada vez que lo miraba, y de ser otras las circunstancias habría salido huyendo nada más verlo.

«Da igual lo que sientas», se reprendió irritada, obligándose a relajar los puños apretados y a controlar el pánico y las náuseas. Estaba temblando, pero tenía que hacer aquello por su madre, porque las deudas la ahogaban y la situación se había vuelto insostenible.

Había otros hombres ricos a bordo, pero Nikos Katrakis era distinto del resto. Y no sólo porque fuera el propietario de aquel yate, ni por esa aura de poder que parecía emanar de él aun vestido como iba con unos vaqueros y una camisa blanca.

No, era por su porte orgulloso, y por esa energía que irradiaba. Tenía más poder del que había tenido su difunto padre, pero le daba la impresión de que no era tan frío, ni tampoco un bruto, como su medio hermano Peter, cruel hasta el punto de que se negaba a pagar las facturas médicas de su madre y que se había reído de la desesperación de Tristanne en su cara.

Pero también había algo que la asustaba de Nikos

Katrakis. Era demasiado masculino, implacable. En cierto modo le recordaba a un dragón, pensó mientras estudiaba su corto cabello negro, sus facciones esculpidas y su impresionante físico, con ese cosquilleo que sentía en los dedos ante el impulso irresistible de dibujar cuando algo la fascinaba.

Estaba malgastando tiempo allí de pie, mirándolo e intentando reunir el coraje suficiente para acercarse a él cuando Peter debía estar buscándola y no tardaría en aparecer. Aunque había accedido a seguir su plan, sabía que no se fiaba de ella. Y seguiría su plan, pero sería ella quien pondría las reglas. Por eso había decidido escoger a aquel hombre al que Peter detestaba, a su principal rival en los negocios.

Tristanne había pasado del nerviosismo a que se le acelerase el pulso y le temblaran las rodillas. Sólo esperaba que no se le notase, que Nikos Katrakis únicamente viese lo que pretendía: a una mujer fría, indiferente, sofisticada.

Inspiró profundamente para calmarse, recitó en silencio una pequeña plegaria, y se obligó a avanzar hacia donde estaba Nikos Katrakis antes de que pudiera arrepentirse.

Cuando llegó junto a él, los ojos color miel del magnate, casi dorados como los de un dragón, se encontraron con los de ella, abrasándola. Tristanne contuvo el aliento, y una ola de calor la invadió. De pronto todos los ruidos se desvanecieron, el runrún de las conversaciones de los demás invitados, las risas, el tintineo de sus copas..., junto con el valor del que había hecho acopio.

–Buenas noches, señorita Barbery –la saludó. El leve acento griego que impregnaba su voz era como una brusca caricia.

No se irguió, sino que siguió con un codo apoyado en la barra, y jugueteó con el vaso en su mano, revolviendo el líquido ambarino que contenía, mientras la miraba fijamente. Tristanne estaba segura de que aquella postura relajada era sólo una fachada, que estaba más que alerta.

—Ignoraba que supiera mi nombre —dijo, manteniendo la compostura a pesar de las mariposas que sentía en el estómago. Era una de las «ventajas» de ser una Barbery: podía aparentar tenerlo todo bajo control cuando por dentro estaba hecha un manojo de nervios. Quería utilizar a aquel hombre para sus propios fines, no sucumbir a su legendario carisma. ¡Tenía que ser fuerte!

Katrakis enarcó una ceja.

—Soy el anfitrión, y considero mi deber conocer el nombre de todos mis invitados. Además, soy griego; la hospitalidad es algo más que una palabra para mí —dijo mirándola fijamente, igual que un gato que hubiera acorralado a un insensato ratón.

—Tengo que pedirle un favor —balbució de sopetón, lanzándose al vacío.

Había algo en el modo en que Nikos Katrakis estaba mirándola que la hizo sentirse como si el vaso de vino que se había tomado se le hubiese subido a la cabeza.

—Lo siento —murmuró, sorprendida al notar que le ardían las mejillas—. No pretendía ser tan brusca. Debe de estar pensando que soy la persona más grosera sobre la faz de la tierra.

Él volvió a enarcar una ceja y esbozó una media sonrisa.

—Aún no me ha dicho de qué favor se trata, así que quizá debería abstenerme de juzgarla hasta que lo haga.

–Es un favor pequeño, y confío en que no le desagrade –respondió Tristanne.

Estuvo a punto de echarse atrás, de hacer caso de los mensajes de pánico que le estaban mandando su cuerpo y su intuición. Casi se convenció de que no tenía por qué escoger precisamente a aquel hombre, que cualquier otro menos intimidante serviría, pero al girar la cabeza un momento para sobreponerse a la intensa mirada de Katrakis, sus ojos se encontraron con los de su medio hermano. Se dirigía hacia allí, abriéndose paso entre la gente, pero al ver con quién estaba, frunció el ceño, furibundo, y se detuvo. Detrás de él estaba el baboso financiero que Peter había escogido para ella.

–Tienes que hacerlo, Tristanne; si quieres que yo te ayude, tú tendrás que ayudarme a mí, apuntalando las tambaleantes finanzas de la familia –le había dicho seis semanas atrás, después del funeral de su padre.

Había empleado un tono autoritario, como si aquello no fuera a afectar a su futuro, a su vida. Ella se había vestido de luto para la ceremonia, pero no lo había hecho por que sintiera la muerte de su padre. Gustave Barbery no había sido un buen padre.

–No lo entiendo –le había respondido ella tensa–. Lo único que quiero es poder disponer de mi fondo fiduciario unos años antes de lo establecido.

Aquel condenado fondo fiduciario... Detestaba el hecho de que su padre lo hubiera creado, de que hubiera pensado que aquello le daría el derecho a intentar controlarla. Detestaba que Peter fuera el albacea testamentario, y que para ayudar a su madre y conseguir el dinero de ese fondo tuviera que dejarse manipular por él. Ella nunca había querido un céntimo de la fortuna Barbery, nunca había querido tener que deberle nada a su padre.

Todos esos años había vivido muy orgullosa ganándose el pan con el sudor de su frente, pero por desgracia las circunstancias la habían empujado a aquello. La salud de su madre, Vivienne, se había deteriorado rápidamente cuando su padre, Gustave, había enfermado, y sus deudas habían empezado a aumentar a un ritmo vertiginoso después de que Peter se hubiera hecho con el control de las finanzas de la familia y dejara de pagar las facturas de su madre. Ella había tenido que hacerse cargo de su madre, cosa que le resultaba muy difícil con lo poco que ganaba como artista en Vancouver. Por eso no tenía otro remedio más que hacer lo que Peter quería, con la esperanza de que le permitiera tener acceso a su fondo fiduciario antes de lo estipulado para poder salvar a su madre de la ruina. Había sentido ganas de llorar de pura frustración, pero se había negado a llorar delante de Peter, a mostrarse débil ante él.

—No tienes que comprender nada –había replicado él, con una mirada fría y llena de malicia–; sólo hacer lo que te digo. Encontrar a un hombre lo suficientemente rico e influyente, y lograr que se doblegue a tu voluntad. No creo que sea tan difícil, ni siquiera para alguien como tú.

—Lo que no alcanzo a comprender es qué sacarás tú de eso –le había dicho Tristanne educadamente, como si aquello no le revolviese el estómago.

—El que los medios te vinculen a ti, mi hermana, con un hombre rico e influyente, tranquilizará a mis inversores –le había contestado Peter–. Y te conviene que este plan salga bien, Tristanne, porque si no sale bien lo perderé todo, y la primera víctima será la inútil de tu madre.

Peter nunca había disimulado el desdén que sentía hacia la madre de Tristanne. Gustave, el padre de ambos, había dejado su imperio en manos de Peter al comienzo de su larga enfermedad, desheredando a Tristanne por cómo se había rebelado contra él años atrás. A ella sólo le había dejado el fondo fiduciario, controlado por Peter.

Sin duda Gustave debía de haber creído que su hijo Peter cuidaría de que, tras su muerte, su segunda esposa pudiera vivir sin estrecheces, y por eso no había estipulado nada al respecto en su testamento. Se había equivocado. Peter había esperado años para hacer pagar a Vivienne por haber usurpado el lugar de su difunta madre. Para él su frágil salud no era más que «una forma de llamar la atención», y había dejado que sus deudas se fueran amontonando. Era verdaderamente mezquino, capaz de cualquier cosa.

–¿Y qué es lo que quieres que haga? –le había preguntado Tristanne valerosamente. Haría lo que tuviera que hacer; tenía que hacerlo por su madre.

–Acostarte con ese tipo... casarte con él... me da igual –le había contestado Peter en un tono despectivo–. Lo importante es que te asegures de que se os vea juntos en público, que aparezca en las portadas de toda Europa. Lo que sea necesario para convencer al mundo de que la familia Barbery está vinculada a gente influyente y con dinero.

Tristanne volvió al presente apartando la vista del baboso financiero para mirar a su hermano, en cuyos ojos ardía el odio más absoluto. Fue entonces cuando su indecisión se desvaneció. Mejor consumirse en el fuego de Nikos Katrakis, y de paso enfurecer a Peter al escoger a su enemigo declarado, que sufrir un destino mucho más repulsivo, entre los tentáculos de aquel financiero. Tristanne se estremeció por dentro de sólo imaginarlo.

Cuando volvió a centrar su atención en Nikos Katrakis, vio que la sonrisa había desaparecido de su rostro. Y aunque aún seguía apoyado en la barra del bar, Tristanne tenía la impresión de que cada músculo de su cuerpo se había puesto tenso, en alerta roja. Todo aquel poder contenido, aquella masculinidad, hizo que se le secara la garganta. «Esto es un tremendo error», pensó, pero no tenía elección.

–¿Y bien? –inquirió Katrakis–. ¿Cuál es ese favor?

–Querría que me besara –le dijo Tristanne con voz clara. Ya estaba hecho; no había vuelta atrás. Carraspeó–. Aquí y ahora. Si no es molestia.

De todas las cosas que pudieran ocurrir durante el transcurso de aquella fiesta, el que la hija de Gustave Barbery acabara de pedirle que la besara, era lo último que Nikos Katrakis había esperado. Una sensación perversa de triunfo lo invadió. Los ojos castaños de Tristanne Barbery no rehuyeron su mirada, y Nikos se encontró sonriendo. No había duda de que era valiente; no como su cobarde y vil hermano. Sin embargo, aquella valentía no le serviría de mucho, no con él.

–¿Por qué debería besarla? –le preguntó, regocijándose al ver el rubor que tiñó sus mejillas. Juguetéo con su vaso y señaló a la muchedumbre con un ademán perezoso–. A bordo de este barco hay muchas mujeres que se pelearían por hacerlo. ¿Por qué tendría que escogerla a usted?

Una expresión de sorpresa cruzó por los ojos de Tristanne Barbery. Tragó saliva, y esbozó lentamente una sonrisa que a Nikos no lo engañó ni por un momento. Era un arma, una sonrisa afilada como una cuchilla.

–Yo creo que debería darme puntos por habérselo pedido directamente –respondió ella, alzando la barbilla desafiante–. En vez de pasearme por la cubierta con un vestido atrevido, esperando llamar su atención, quiero decir.

A Nikos le hizo gracia su respuesta a pesar de ese impulso que sentía de aplastarla porque era una Barbery, porque se había jurado hacía mucho que no descansaría hasta que ese apellido quedara pulverizado a sus pies.

Como había visto que la sabandija de su hermano estaba observándolos, dejó su vaso en la barra y dio un paso hacia Tristanne, invadiendo su espacio personal. Ella no retrocedió.

–Hay mujeres que no tienen ningún problema en exhibir sus encantos para conseguir lo que quieren –le dijo–, pero entiendo a qué se refiere.

La recorrió con la mirada, deleitándose con su melena ondulada de cabello rubio oscuro, sus inteligentes ojos castaños, y su esbelta figura, enfundada en un sencillo vestido que abrazaba sus curvas. Le gustaba especialmente su barbilla, una barbilla con personalidad, ese intelecto que no hacía nada por ocultar, y el hecho de que no parecía haber retocado sus facciones ni su cuerpo con inyecciones de Botox, de colágeno, ni con implantes de silicona.

No le pasó desapercibida la tensión en sus hombros y en su cuello, y al volver a mirarla a la cara lo satisfizo ver, antes de que ella lo disimulara mudando su expresión, que la había irritado con la contestación que le había dado.

–¿Qué tiene que no tenga otra mujer? –le preguntó.

Tristanne Barbery enarcó una delicada ceja en actitud desafiante.

–Todo –respondió ella–. Cada mujer es única y diferente de las demás.

Una ráfaga de deseo que no se esperaba sacudió a Nikos. Deseaba a Tristanne Barbery, sí, pero también quería arruinarle la vida, como Peter Barbery había destruido a su hermana Althea y a su padre.

–Buena observación –contestó, luchando por alejar aquellos oscuros recuerdos de su mente. Alargó la mano y tomó un largo mechón del cabello de Tristanne entre sus dedos. Parecía de seda, y era tan cálido... Ella entreabrió los labios, como si pudiera sentir la caricia de sus dedos–. Sin embargo, no tengo por costumbre besar a una perfecta desconocida delante de tanta gente –continuó en un susurro–. Suele ocurrir que ese tipo de cosas acaban apareciendo en las portadas de la prensa sensacionalista.

–Le pido disculpas entonces –murmuró Tristanne, desafiándolo de nuevo con su inteligente mirada–. Había oído decir que no le tenía miedo a nada, y que se reía de los convencionalismos. Tal vez lo he confundido con otro Nikos Katrakis.

–Me parte el corazón, señorita Barbery –le contestó Nikos dando un paso hacia ella. Tristanne no retrocedió, y eso lo excitó aún más–. Daba por hecho que había sido mi atractivo físico lo que la había traído hasta mí para suplicarme un beso. En vez de eso resulta que es usted como el resto. ¿Es una de esas mujeres que van por ahí flirteando con los tipos ricos, como esas adolescentes que coleccionan autógrafos de cantantes y actores?

–Por supuesto que no –replicó ella, echando la cabeza hacia atrás y enarcando las cejas–. Son los hombres ricos los que me persiguen y flirtean conmigo. Pensé que le hacía un favor ahorrándole las molestias.

–Es muy considerado por su parte, señorita Barbery
–murmuró él, trazando con las yemas de los dedos la
tersa piel sobre el borde de su clavícula. La notó estremecerse ligeramente, y casi sonrió–, pero me temo que
soy un hombre reservado, celoso de lo que es mío, y
soy bastante reticente a compartir lo que es mío.

–Ya, y por eso ha organizado esta fiesta y ha invi-
tado a toda esta gente.

–No tengo intención de besar a todas estas personas. Aunque a algunas de las mujeres que hay a bordo
sí las he besado –puntualizó él.

–En ese caso me gustaría que me explicase cuáles
son sus reglas –respondió Tristanne, y apretó ligeramente los labios, como si estuviera conteniéndose la
risa–. Aunque debo confesarle que me sorprende que
las haya. Parece que no son ciertas las historias que se
cuentan del gran Nikos Katrakis, que no se pliega a los
convencionalismos, que no sigue las reglas y se forja
su propio destino. Si ese hombre existe, me gustaría
conocerlo.

–Sólo hay un Nikos Katrakis, señorita Barbery; yo
–dijo él. Estaba tan cerca de ella que el aroma de su
perfume, con un toque floral, invadía el espacio entre
ellos. Se preguntó si sus labios serían tan dulces como
su perfume–. Espero que eso no suponga una decepción para usted.

–No tendré manera de juzgar si supone para mí una
decepción o no si no me besa –apuntó ella, mirándolo
a los ojos.

–Ah, así que se trata de algo inevitable.

–Por supuesto. ¿No lo ve igual que yo? –respondió
ella ladeando la cabeza con una sonrisa.

Era un desafío en toda regla, y Nikos nunca había
rehuido un desafío.

Claro que aquello no era en absoluto lo que había planeado; eso era cierto. La espontaneidad era para los que tenían poco que perder y aún menos que demostrar. Él quería vengarse del difunto Gustave Barbery y de su odioso hijo Peter como se merecían, no de cualquier manera. Era una venganza que había estado urdiendo durante los últimos diez años: un tirón por aquí, un rumor por allá, y había puesto zancadillas a los Barbery que habían hecho que sus negocios comenzaran a ir cuesta abajo, sobre todo desde la enfermedad del viejo.

En sus planes de venganza iniciales no entraba la chica. Él no era como los Barbery, no era como Peter Barbery, que había seducido a Althea, dejándola embarazada y abandonándola después. Sin embargo, jamás podría haber imaginado que la hermana de su mayor enemigo fuera a abordarlo de esa manera.

Ni tampoco, y aquello era aún más intrigante y peligroso, que estuviera sintiéndose tentado de bajar la guardia, que estuviera a punto de resquebrajar el férreo control que tanto se había esforzado por mantener sobre sí mismo. No era contrario a utilizarla para conducir a su familia a la destrucción, pero nunca se habría esperado sentir aquel deseo arrollador hacia ella.

—Supongo que sí —murmuró.

La expresión desafiante que había en los ojos de Tristanne flaqueó. Fue sólo un instante, pero no le pasó desapercibido, y algo dentro de él rugió triunfante. Aquella fría indiferencia suya no era más que una fachada, era evidente.

Alargó la mano y deslizó la palma por detrás de su cuello para asirla por la nuca. Aquel contacto fue como una descarga eléctrica. Ella abrió mucho los ojos y apoyó las manos en su pecho.

Nikos se lo tomó con calma, consciente del interés de los curiosos que los rodeaban. No sabía a qué estaba jugando Tristanne Barbery, pero sí sabía que no tenía ni idea de con quién estaba jugando.

Prácticamente ya había ganado la batalla, y estaba dispuesto a valerse de Tristanne para destruir el imperio Barbery de una vez por todas, igual que los Barbery habían estado casi a punto de destruirlo a él tiempo atrás.

Sin embargo, en vez de saborear esa victoria que casi podía tocar con la punta de los dedos, centró su atención en los sensuales labios de Tristanne, y la atrajo hacia sí.

Capítulo 2

FUEGO! Tristanne habría gritado aquella palabra si hubiera podido. En vez de eso, había respondido al beso, si ésa era la palabra adecuada para describir aquella apasionada y ardiente unión de sus labios. En su cerebro se dispararon alarmas que gritaban: «¡Peligro!, ¡peligro!»; tenía el estómago lleno de mariposas y la piel le quemaba.

No había imaginado que besar a aquel hombre, o más bien ser besada por él, pudiera ser así. Era algo casi salvaje. Tomaba, exigía, reclamaba.

Ella tenía la sensación de que jamás quedaría saciada. Katrakis ladeó la cabeza, explorando su boca con la lengua, con una maestría y una seguridad que la hizo estremecer de deseo.

Era algo primitivo, carnal. La mano con que le sujetaba la nuca irradiaba calor, como si estuviese marcándola a fuego de un modo posesivo. El sabor de su boca, intenso como el de un vino caro, resultaba adictivo. Los dedos de Tristanne se aferraron a su camisa, tensos, pero en vez de empujarlo para apartarlo de ella, al instante siguiente se relajaron, deslizándose por su pecho, por sus músculos de acero.

Fue como si el tiempo se detuviera, consumiéndose en aquel fuego, hasta que finalmente él levantó la cabeza, despegando sus labios de los de ella. Sus ojos dorados buscaron los de ella, y Tristanne sintió que las piernas le temblaban.

Resistió el impulso de llevarse los dedos a los labios, que se notaban hinchados y palpitantes por aquel beso apasionado.

–Confío en que eso la haya satisfecho.

Había un brillo extraño en los ojos de él, algo que hacía que sintiera un cosquilleo en la piel, como una advertencia. Apartó la mano de su nuca, lentamente, y sus dedos dejaron un rastro ardiente mientras se retiraban, abrasándola.

Tristanne hizo un esfuerzo por no estremecerse, segura de que él utilizaría las respuestas de su cuerpo contra ella.

–Creo que sí –murmuró Tristanne. Su voz sonó ahogada.

Se notaba los senos tirantes, pesados, y por un instante se apoderó de ella un impulso de apretarlos contra su duro pecho. Era como si Nikos Katrakis hubiese vuelto a su cuerpo en su contra. «Basta», se ordenó mentalmente. La cabeza le daba vueltas y su respiración se había tornado entrecortada. Tenía que parar aquello, respirar, controlarse.

–¿Cree que sí? ¿No lo sabe? –la picó él una sonrisa divertida, sensual–. Entonces es que no lo he hecho bien.

Tristanne se dio cuenta entonces de que aún tenía las manos apoyadas en su pecho; podía sentir el calor de su cuerpo a través de la camisa de algodón. Ya hacía rato que debía haber bajado las manos, que debía haberse apartado de él.

«¡Por amor de Dios, contrólate!», se ordenó desesperada. Pensó en la frágil y delgada figura de su madre, en su tos constante, en los ojos ojerosos por la falta de sueño. Tenía que mantener la cabeza fría o lo echaría todo a perder.

Bajó las manos, y al hacerlo le pareció que en la

sonrisa de él se acentuaba el sarcasmo. Aquello la hizo erguirse, recordarse por qué estaba haciendo aquello, y por quién.

–Ha sido un beso... aceptable –le respondió, fingiéndose indiferente, y casi aburrida, a pesar de que el corazón se le había desbocado y le palpitaba el estómago.

Él no reaccionó a la provocación, pero sus ojos permanecieron fijos en ella, como un depredador a punto de atacar, o como un dragón a punto de lanzar una llamarada por la boca.

–Aceptable –repitió.

Ella se encogió de hombros, como si no sintiese que las mejillas le ardían, como si aquel beso no la hubiese sacudido por completo.

En ese momento vio que su hermano se había aproximado a ellos un poco más, sin duda para intentar escuchar su conversación con Katrakis. Por la expresión de su rostro era evidente que estaba furioso. Sus fríos y crueles ojos ardían de ira.

–Tal vez deberíamos experimentar un poco más –sugirió Katrakis.

Su voz aterciopelada la hizo apartar la vista de Peter.

–No tengo problema en repetirlo –añadió Katrakis–; no quiero decepcionarla.

–Es usted verdaderamente magnánimo –murmuró ella bajando la vista, temerosa de que pudiera ver el efecto devastador que tenía en ella.

–Soy cualquier cosa menos magnánimo, señorita Barbery –replicó él–. No tengo un ápice de generosidad, y le aconsejo que no lo olvide.

Tristanne sabía lo que debía hacer. Antes incluso de que Peter le expusiera sus repugnantes condiciones para que pudiera disponer de su fondo fiduciario, había decidido que haría lo que fuera para liberar a su madre de su control. Le daba igual que la fortuna Barbery y su imperio financiero se desmoronaran. Hacía mucho tiempo que se había desentendido de todo aquello, pero no iba a darle la espalda a su madre.

—Es una lástima —dijo con una calma que no sentía, alzando de nuevo la vista hacia él.

—No, no es más que la verdad —respondió Katrakis.

Tristanne tragó saliva.

—Pues yo creo que lo es... porque había oído que ahora mismo no hay ninguna mujer en su vida, y esperaba poder convertirme en su próxima amante —se obligó a decir.

Los ojos de él relampaguearon, pero Tristanne le sostuvo la mirada como si fuera tan valiente, tan atrevida como sus palabras sugerían.

—Claro que, a cambio de convertirme en su amante, esperaría que fuera generoso conmigo; muy generoso —añadió, aunque tenía un nudo en la garganta.

Aquél era el quid de la cuestión, y sabía que Peter estaba escuchándola. Durante un instante que se le hizo eterno, Katrakis se quedó mirándola con indiferencia, como si no acabara de ofrecérsele igual que una prostituta, con la naturalidad de quien pide una copa en la barra de un bar.

Hasta que de pronto, cuando creía que ya no podría soportar ni un segundo más la tensión, Katrakis esbozó una sonrisa que hizo que se le erizara el vello de excitación y se le endurecieran los pezones.

Había estado esperando aquel momento durante mucho tiempo, y Nikos no pudo evitar saborearlo, recrearse. Nunca habría imaginado que un día la hermana de su enemigo se le ofrecería como amante, poniéndole la victoria definitiva en bandeja de plata. Y no iba a rechazarla.

No le hacía falta mirar a Peter Barbery para sentir su ira; emanaba de él a raudales. Aquella venganza era tan dulce como siempre había imaginado que sería durante todos aquellos años que había pasado planeándola cuidadosamente, cerrando poco a poco el cerco en torno a los Barbery, llevándolos un paso más hacia la ruina.

Sin embargo, le habría gustado no ser el último miembro de los Katrakis que fuese a celebrar esa victoria, que su crítico y desaprobador padre, y que su apasionada medio hermana, Althea, hubieran vivido para ver que se habían equivocado. Para que hubieran podido ver que se había mantenido fiel a su palabra, a lo que les había jurado que iba a hacer: destruir a los Barbery, hacerles pagar. Los dos habían muerto odiándolo, culpándolo a él de todo: primero Althea, por su propia mano y con el corazón destrozado, y luego su padre, el padre al que se había esforzado tanto por impresionar, aunque jamás lo había conseguido.

Claro que tampoco se había venido abajo por eso. Había utilizado aquella frustración para alimentar su voluntad de no rendirse, igual que había hecho a lo largo de su vida con todas las cosas malas que le habían pasado. No había dejado que el hecho de haber crecido en un barrio pobre de Atenas se convirtiera en un lastre para él, ni que su padre se hubiese desentendido de su madre, que para él sólo había sido una amante, y de él, y que luego su madre hubiera muerto por una sobredosis de narcóticos. Cuando finalmente había logrado salir del arroyo, luchando con uñas y dientes, y con la cabezonería como su única arma, había ido en busca de su padre. Se había esforzado por demostrarle su valía a su duro, y a menudo cruel padre, y por ganarse el cariño de Althea, la hija legítima, la favorita. Nunca había sentido resentimiento alguno hacia ella por eso, aunque Althea lo había acusado precisamente de eso cuando Peter Barbery la había dejado tirada después de dejarla embarazada.

Miró a Tristanne con sus palabras resonando aún en sus oídos como las notas de una dulce melodía, la de la venganza.

No sabía a qué estaban jugando su hermano y ella, pero le daba igual. ¿Acaso se había creído Tristanne Barbery que era una especie de Mata Hari? ¿Creía que podía utilizar el sexo para controlarlo, para influir en él de algún modo? Que lo intentara.

—Sígame —le dijo, señalando con la cabeza en dirección a la parte del yate donde estaban sus aposentos privados.

Ella lo miró, como vacilante.

—¿Se lo está pensando mejor? —la picó él.

—Es de usted de quien estoy esperando una respuesta, señor Katrakis —contestó ella, alzando la barbilla e irguiendo los hombros.

Aquella actitud desafiante lo excitaba. La quería desnuda debajo de él. Ya. «Pero sólo por venganza», se dijo, «no por nada más».

—Es cierto, pero creo que tenemos mucho que discutir, y deberíamos hacerlo en privado.

Tristanne tragó saliva, y aquello fue lo único que le dejó entrever que ni estaba tan calmada ni aquello le resultaba tan indiferente como pretendía. Sus ojos se oscurecieron.

—¿Va a llevarme a su guarida? —le preguntó.

–Si quiere llamarlo así... –respondió él, divertido.

Tristanne no dijo nada más. Él la tomó por la cintura, y se aseguró de que todas las miradas, incluida la de Peter Barbery, estaban fijas en ellos mientras la conducía a su camarote, a su guarida.

Capítulo 3

AQUÉLLA no era la primera vez que veía a Nikos Katrakis. Tristanne lo recordaba como si hubiera ocurrido el día anterior, aunque hacía ya diez años. Se dejó guiar por él entre la gente con la cabeza alta y la espalda recta como si fuera a su coronación en vez de al dormitorio de un hombre al que acababa de ofrecerle su cuerpo. A cambio de dinero.

Sin embargo, en su mente volvía a tener diecisiete años y estaba en un abarrotado salón de baile en la señorial casa de su padre en Salzburgo. Aquél había sido su primer baile, y Nikos Katrakis había estado entre los invitados. La había fascinado aunque sólo había sido de lejos y no había hablado con él, al verlo avanzar, tan viril y misterioso, por el salón de baile como si le perteneciera.

Entonces no había comprendido por qué se le había cortado el aliento, ni por qué el corazón había empezado a latirle a toda prisa, como si la hubiese invadido un pánico inexplicable, pero no había sido capaz de apartar los ojos de él.

De eso hacía ya diez años, y aún no lo comprendía. Sólo sabía que en ese momento iba siguiéndolo como un dócil corderito por su propia voluntad. Al fin y al cabo era ella la que lo había sugerido, ¿no? Había sido elección suya.

Katrakis la condujo lejos de la muchedumbre, y se

adentraron en las profundidades del lujoso yate. Atra-
vesaron pasillos con revestimiento de madera y salo-
nes decorados con opulencia, pero Tristanne estaba
tan nerviosa y tan pendiente del atractivo hombre
cuyo brazo aún le rodeaba la cintura, que apenas se
fijó.

Tenía que recobrar el control sobre sí, se dijo desesperada. No podía dejar que un beso de aquel hombre, o el más leve contacto la desbarataran de esa manera. Estaba utilizándolo, se recordó; era el medio para
conseguir un fin.

Nikos la hizo entrar en una habitación y cerró la
puerta tras de sí. Tristanne miró a su alrededor, pero
sólo tuvo una vaga impresión de que era una habitación espaciosa, elegante, y que en ella había una
cama. Una cama enorme.

–Señor Katrakis... –comenzó a decir, girándose hacia él.

Aún no era demasiado tarde para recobrar el control de la situación. Lo único que tenía que hacer era
mostrarse firme, ser fuerte.

–Me parece que deberíamos tutearnos –la interrumpió, acercándose a ella.

Tristanne dio un paso atrás, pero él se limitó a sonreír. Se sentía como si estuviera al borde de un acantilado, y él fuera un fuerte viento que podría derribarla
en cualquier momento y hacerla caer.

Katrakis se metió las manos en los bolsillos del
pantalón, pero aquel gesto casual no disminuyó en absoluto la inconfundible amenaza sensual que rezumaba.
De pronto sus hombros parecían más anchos, igual
que su torso, y parecía un gigante. ¿O era que ella se
sentía de repente pequeña y vulnerable, ahora que fla-
queaba la bravuconería que la había llevado hasta allí?

–Puedes llamarme Nikos.

Tristanne sabía que debería decir algo, pero no era capaz de articular ni una palabra.

Una sonrisa sardónica acudió a los labios de él, que apoyó la espalda contra la puerta, pero no dijo nada. Luego, cuando Tristanne empezaba a notarse tan tensa que sentía que de un momento a otro iba a ponerse a chillar o a echarse a llorar, Nikos levantó la mano y le hizo una señal doblando el dedo hacia sí para que se acercara.

Era un gesto arrogante que denotaba la confianza que tenía en sí mismo, lo seguro que estaba de que sus órdenes serían obedecidas al instante. Parecía que después de todo no era muy distinto de hombres como su padre y su hermano. Estaba tratándola como si fuese un perro.

Una ira repentina palpitó en su interior, pero de algún modo logró reprimirla. ¿Acaso no era eso lo que se esperaba de una amante, que estuviera al servicio del hombre, a merced de sus caprichos?

¿Qué importancia tenía cómo la tratara aquel hombre arrogante? Aquello sólo era una ficción, algo temporal. «Sólo será unos días», se dijo. Saldrían a cenar unas cuantas veces, tal vez compartirían unos cuantos besos más, y preferiblemente a la vista de los paparazzi, para convencer a su hermano Peter y sus inversores. No sería más que una pantomima, y Nikos Katrakis no tenía por qué enterarse.

Además, era por una buena causa, y eso era lo más importante: por su madre, que estaba impedida, y parecía que aún no se había dado cuenta de que su hijastro era un monstruo y que no tenía intención alguna de cuidar de ella como Gustave había esperado que hiciera.

Por eso necesitaba disponer de su fondo fiduciario, cosa que legalmente no sería posible hasta que cumpliera los treinta años a menos que Peter lo permitiera, para pagar las deudas de su madre y ocuparse de que estuviera atendida por buenos médicos. No tenía otra elección.

Avanzó hacia Nikos, dejando que sus caderas se contonearan ligeramente a cada paso.

–Tal vez deberías llamarme con un silbido –le dijo sin poder contenerse–; así no habría lugar para la confusión.

–Yo no estoy confundido –murmuró él.

Se irguió, y se apartó de la puerta con un movimiento de una gracilidad casi felina que la habría dejado aturdida si le hubiera dado tiempo de reaccionar. En vez de eso la asió por la muñeca de improviso y la atrajo hacia sí.

La tomó de la barbilla para levantarle el rostro y hacer que lo mirara a los ojos. Era un gesto claramente posesivo, pero a la vez, de algún modo, casi tierno, y un gemido ahogado escapó de los labios de Tristanne.

Luego, sin previo aviso, la boca de Nikos descendió sobre la suya, y la hizo girar con él para empujarla contra la puerta mientras la besaba con ansia, como si quisiera devorarla.

Y aunque Tristanne sabía que debería concentrarse en por qué estaba allí, y no dejarse llevar, respondió a sus besos con idéntico ardor. No quería que parase.

Nikos se sentía como si nunca fuese a saciarse de ella, del dulce sabor de su boca, de los gemidos que escapaban de su garganta. Una ola de calor estaba envolviéndolo, excitándolo, pero no hizo intento alguno por parar aquello. No habría podido pararlo aunque hubiese querido.

Tristanne Barbery quería convertirse en su amante, y él la deseaba con una intensidad que no había esperado, pero que tampoco podía negar.

Sus manos recorrieron con avidez las curvas de Tristanne. Una de ellas la agarró del cabello y le hizo echar la cabeza hacia atrás para tener mejor acceso a su boca, mientras la otra descendía por su elegante cuello hasta su pecho.

Luego, despegando sus labios de mala gana de los de ella, centró toda su atención en sus senos, acariciando la parte superior, que dejaba al descubierto el escote del vestido. Después los tomó en sus manos, palpándolos y frotando las yemas de los pulgares contra los endurecidos pezones hasta hacerla gemir.

Con la sangre bombeándole en las venas, bajó las manos hasta encontrar el dobladillo de la falda del vestido, y se lo levantó hasta la cintura, dejando al descubierto sus sedosos muslos y el calor de su feminidad entre ellos. Asió una de las largas y exquisitas piernas de Tristanne, la colocó en torno a su cadera, y apretó su erección contra ella. Sólo los separaba la tela de sus pantalones y las minúsculas braguitas de seda de ella. Tristanne gimió y se arqueó hacia él. Había echado la cabeza hacia atrás, contra la puerta, y tenía los ojos cerrados.

Nikos volvió a tomar su boca mientras movía las caderas. Bajó la cabeza para besarla en el hueco del cuello y su mano se abrió paso entre sus muslos. Apretó la palma de la mano contra su monte de Venus, y se encontró con que estaba ardiendo. Un gemido ininteligible escapó de los labios de Tristanne. ¿Había dicho su nombre?

¿Qué más daba eso? Era una Barbery, pertenecía a la familia de su enemigo. Sólo quería utilizarla para vengarse, y además aún no sabía qué quería de él. En ese momento lo único que sabía era que quería hacerla suya; tenía que hacerla suya.

Nikos apartó un poco las braguitas para poder acariciarla con sus largos dedos. Tristanne gimió de un modo incoherente, y siguió torturándola, dibujando círculos antes de sucumbir a la tentación de introducir sus dedos en ella. Estaba tan húmeda, tan caliente, y era tan suave al tacto, que tuvo que hacer un esfuerzo sobrehumano para no arrojarla al suelo y hundirse en su interior, hasta lo más hondo de ella. En vez de eso, movió sus dedos, primero suavemente, y luego un poco más deprisa.

Tristanne jadeó, y sus caderas comenzaron a moverse, cabalgando sobre sus dedos, mientras sus manos se aferraban a sus hombros.

–Mírame –le ordenó.

Cuando Tristanne abrió los ojos, había en ellos un fuego salvaje. La notó tensarse, y sus mejillas se tiñeron de rubor. Todo su cuerpo palpitaba de satisfacción por verla así, indefensa, completamente a su merced. Comenzó a mover sus dedos de nuevo, concentrándose en aquel calor húmedo. Sabía que Tristanne estaba a un paso de alcanzar el éxtasis.

–Entrégate a mí –le susurró entre dientes, antes de imprimir besos ardientes en su boca, en su mejilla, en el cuello–. Ahora...

Aquello era un error, pensó Tristanne desesperada, en medio de aquel frenesí, pero su cuerpo, que estaba más centrado en lo que estaban haciendo los dedos de Nikos que en los pensamientos erráticos que cruzaban por su mente, estalló de placer.

Durante un buen rato permaneció temblando por aquel orgasmo, del que le costó recobrarse. Cuando al fin lo hizo, vio que Nikos estaba observándola con esos ojos de depredador. No sabía qué podía hacer, cuando aún tenía su mano entre las piernas y los labios húmedos por sus besos. Se estremeció, sin saber muy bien si era por la excitación que le provocó ese pensamiento, o un último coletazo retardado del orgasmo que la había sacudido con tanta fuerza.

Nikos enarcó una ceja.

Dios del cielo... Aún no estaba satisfecho, pensó Tristanne espantada. Quería más. ¿Cómo podía haber dejado que ocurriera aquello? No sólo no había hecho nada para impedírselo, sino que incluso lo había alentado a que no parara. No comprendía cómo podía haber perdido el control sobre la situación tan deprisa, hasta ese punto.

¿Y por qué se sentía como si, a pesar de estar culpándose y reprochándose, hubiera una parte de ella que ansiaba olvidarse de todo y dejarse llevar, dejar que hiciera con ella lo que quisiera?

—¿Qué estamos hacien—...? —balbució confundida, antes de poder contener su lengua.

¿Cómo habría podido hacerlo cuando ni siquiera podía controlar las emociones contradictorias que se agitaban en su interior? Los ojos de Nikos la miraban burlones.

Tristanne, que tenía las manos apoyadas en su pecho, apretó los puños. ¿Para qué?, se preguntó contrariada. ¿Qué iba a hacer, golpearle para que se apartase? ¿Después del entusiasmo con el que se había entregado a él? ¿Qué diablos le pasaba? Quería echarse a llorar. Todo aquello era demasiado para ella. Se sentía como una extraña en su propio cuerpo, que vibraba con sensaciones que no podía identificar.

Nikos dejó que su pierna se deslizara hasta el suelo, y Tristanne se dio cuenta entonces de que aún tenía el vestido subido. Se apresuró a bajárselo, azorada y humillada, con manos temblorosas.

–Tal vez te malinterpreté –dijo él con voz aterciopelada, aunque su mirada se había vuelto de nuevo punzante, como la de un ave de presa. No se apartó de ella, y con la mano libre le remetió un mechón por detrás de la oreja, haciendo que se le cortara el aliento–. Creí haber entendido que querías ser mi amante. ¿No fue eso lo que me dijiste? ¿En qué creías que consistía el papel de amante?

–Sé en lo que consiste –replicó ella.

–Pues a mí me parece que no –contestó él con una sonrisa sardónica–. O puede que tu experiencia en estas cuestiones difiera de la mía. A mí me gusta que mis amantes sean...

–No se trata de eso –lo interrumpió ella con aspereza–. Es sólo que me he quedado atónita por la rapidez con la que quieres consumar la relación.

Nikos se apartó de ella.

–¿Y qué esperabas entonces?, ¿que te llevara a cenar a restaurantes caros y a la ópera? Me parece que no comprendes lo que se requiere de ti. Soy yo quien pone las reglas, no tú –dijo ladeando la cabeza–. Dime, Tristanne, ¿cuántos hombres cuentas en tu dilatada experiencia como amante de hombres ricos?

–¿Qué? ¡Ninguno! –exclamó horrorizada, aunque se había estremecido al oírle pronunciar su nombre.

De inmediato sintió deseos de pegarse un puntapié a sí misma. No debería haber dicho eso.

–Ah, ya veo –murmuró él, con un brillo perverso

de satisfacción en la mirada–. ¿Y por qué me has distinguido entonces con este honor? ¿Cómo es que la heredera de la fortuna Barbery se ha ofrecido a ser mi amante? No alcanzo a entenderlo.

Tristanne se mordió el labio, y se alejó de él unos pasos, dándole la espalda, antes de detenerse en mitad de la habitación.

–Son tiempos difíciles –dijo encogiéndose de hombros. Lo que no podía decirle era que su hermano estaba a punto de hacer que la familia se quedase en la ruina–. Y tú eres, como sabrás, un hombre muy deseable.

–Ya. Y a mí me parece que no tienes la menor idea de lo que significa ser la amante de un hombre.

Tristanne se giró hacia él y alzó la barbilla.

–Aprendo rápido.

Tenía que hacerlo por su madre, se repitió. Si no hubiera huido a Vancouver cuando su padre se negó a seguirle pagando la universidad porque no había escogido la carrera que él quería... Si no hubiese abandonado a su madre a merced de Peter...

Nikos estaba observándola divertido, como si supiese cosas sobre ella que ni ella misma sabía.

–Este barco zarpa mañana por la mañana para la isla griega de Cefalonia, mi hogar –le dijo con voz acariciadora, y el brillo de un desafío en la mirada–. Si quieres ser mi amante, estarás aquí de nuevo mañana.

Capítulo 4

AL SUBIR a bordo del yate a la mañana siguiente, Tristanne encontró a Nikos en la cubierta, sentado al sol frente a una mesa con periódicos en tres idiomas, y una taza de café, pero no alzó la vista cuando se acercó a él.

Se detuvo a unos pasos de él, y trató de controlar su agitada respiración. Se irguió, poniendo la espalda bien recta y la cabeza bien alta. Se detestó a sí misma y a él cuando vio que pasaba un rato y seguía ignorándola, como si fuera un rey y ella una campesina esperando audiencia. Pero no pensaba rebajarse, si eso era lo que esperaba que hiciera. Continuaría interpretando el papel de mujer dura y sofisticada, a la que sólo le interesaba su dinero. Y pensaría en su pobre madre enferma y agobiada por las deudas, porque era por ella por quien estaba haciendo aquello.

«Vendiéndote como una puta al mejor postor, ¿eh?», se había mofado Peter el día anterior cuando se había reunido con él después de la fiesta. No iba a pensar en Peter, se dijo Tristanne. No iba a dejar que sus palabras la afectaran. Contuvo el impulso de tocarse el moño y de alisarse las perneras del pantalón con las manos. No iba a mostrarse nerviosa delante de aquel hombre.

Sin embargo, Nikos seguía ignorándola, y ella no podía hacer otra cosa más que seguir allí de pie, esperando. Sabía por qué estaba haciéndole aquello, sabía que aquélla era una demostración deliberada de su poder, una muestra de que no se dignaría a prestarle atención más que cuando le diera la gana. Su papel como amante era aguantarse y esperar pacientemente.

–¿Cuánto tiempo piensas estar ahí de pie? –le preguntó Nikos de un modo casual, sin levantar la vista del periódico que estaba leyendo–. ¿Y por qué tienes puesta esa cara, como si fueras camino del patíbulo? Supongo que no creerás que es así como se comporta una amante, ¿me equivoco, Tristanne?

Qué hombre tan odioso...

–Estaba haciendo un cálculo mental de a cuánto ascenderá aproximadamente tu renta anual –le contestó Tristanne en un tono altivo. Cuando Nikos alzó finalmente la vista, ella enarcó las cejas, muy metida en su papel, pero tuvo que hacer un esfuerzo para no rehuir su intensa mirada–. Imagino que ése debe de ser el pasatiempo favorito de muchas amantes.

Los labios de Nikos se contrajeron con un espasmo casi imperceptible, como si no supiera si reírse o cortarla en pedazos.

–Me parece que estás pasando por alto el propósito principal por el que los hombres ricos tienen amantes –le dijo con voz acariciadora, antes de dejar el periódico sobre la mesa y recostarse en su asiento.

–En ese caso... instrúyeme, por favor –le respondió ella, obligándose a esbozar una sonrisa. Si iba a seguir adelante con aquello, el mostrarse hosca con él no la ayudaría en nada.

Nikos, visiblemente divertido, le señaló la silla que había junto a la suya para que tomase asiento. Podía parecer un gesto casual, pero era más que evidente que era una orden, y que esperaba que obedeciese al instante. Le habría gustado echarle en cara ese autoritarismo, pero en vez de eso se dirigió hacia la silla que le había indicado como una chica dócil y bien amaestrada; como una amante.

Se sentó bajo su atenta mirada, entrelazando las manos sobre el regazo, con la espalda recta y cruzó las piernas con mucho decoro, como si no estuviera hecha un manojo de nervios; como si la noche anterior no la hubiese tocado de la manera más íntima posible, haciéndola gemir y suspirar.

Sentada a su lado se sintió aún más incómoda. El sólo tenerlo tan cerca resultaba abrumador, y aunque bajó la vista para no mirarlo a los ojos, se encontró con que no podía apartar la mirada de sus fuertes manos, que descansaban sobre la mesa.

–Una fantasía –dijo Nikos, con una voz acariciadora que hizo que una ráfaga de calor aflorara en su interior.

–¿Perdón? –inquirió ella. Al menos no había balbuceado.

–La principal ocupación de una amante es la de tejer una fantasía para el hombre –respondió Nikos–. Una amante siempre está dispuesta a entretener al hombre, a hacer que se relaje después de un día de trabajo. Siempre va vestida de un modo seductor; nunca se queja, ni discute. Sólo piensa en complacer al hombre.

–Eso suena maravilloso –murmuró Tristanne. Había pretendido impregnar su voz de sensualidad, pero en vez de eso su tono había resultado remilgado y áspero–. Desde luego lo tendré en cuenta, y con tantos días de viaje como tenemos por delante, estoy segura de que tendrás abundantes ocasiones para comprobar que soy una alumna muy dispuesta.

–No tengo la menor intención de hacer de profesor, Tristanne, ni busco una alumna –le espetó él. Su in-

tensa mirada volvió a hacerla sentir incómoda y acalorada.

—En ese caso te pido disculpas —murmuró ella—.
¿Qué esperas de mí, entonces?

—Lo primero es lo primero —le dijo él en un tono
burlón y desafiante—. ¿Por qué no me saludas como es
debido? —le señaló su regazo con una leve sonrisa—.
Ven aquí.

Por un momento Tristanne pareció aterrada, o espantada ante la sola idea, pero de inmediato disimuló,
y Nikos tuvo que contener la risa.

Estaba seguro de que Tristanne Barbery tenía tanto
interés en convertirse en su amante como en cruzar a
nada el mar Jónico con un ancla atada al cuello. Aun
así, se levantó de su asiento con aquella elegancia que
le resultaba tan inquietantemente cautivadora, para ir
a sentarse en su regazo. Y de algún modo logró que el
sentarse en las rodillas de un desconocido pareciera
era algo tan decoroso como hacer punto de cruz.

Sin embargo, eso no alteró la reacción inmediata
del cuerpo de Nikos: tenía una imaginación muy fértil
y, a pesar de la actitud puritana de Tristanne, su mente
se vio invadida por pensamientos nada decorosos.

La rodeó con los brazos, atrayéndola hacia sí, y
sintió que se excitaba. Tampoco ayudaba demasiado
el recuerdo de lo húmeda y dispuesta que la había encontrado la noche anterior al introducir la mano entre
sus muslos, y la pasión y la desinhibición que había
mostrado. Inclinó la cabeza e inspiró para controlarse
y no hacerla suya allí mismo.

Aún no era el momento. Todavía no. Se trataba de
una venganza largamente esperada, no sólo de sexo, y

no comprendía por qué necesitaba recordárselo una y otra vez. El cabello de Tristanne olía a manzanas. Le deshizo el moño con los dedos, destruyendo su refinada apariencia, y dejó que la espléndida cabellera le cayera en cascada sobre los hombros.

Ella no dijo una palabra. Simplemente lo miró recelosa, y se movió, como si estuviera nerviosa. Al hacerlo, se topó con su erección, y se apresuró a apartarse un poco de ella, y apoyó las manos en sus hombros con cautela, como si le diese miedo tocarlo.

–Mucho mejor –dijo él. Sus rostros estaban tan cerca el uno del otro, que con sólo inclinar la cabeza podría besar su elegante cuello y la obstinada barbilla–. A ningún hombre le gusta ver a su amante con un aspecto tan civilizado. Es algo que casi roza el insulto.

–Trataré de recordarlo –le dijo ella en un tono muy calmado, aunque era evidente que estaba tensa–. Si prefieres que lleve el pelo suelto...

–Sería un buen comienzo –la interrumpió Nikos manteniéndose serio, a pesar de que estaba conteniendo la risa–. Pero también tendrás que hacer algo respecto a tu ropa.

–¿A mi ropa? –inquirió ella dolida, mirándolo con los ojos entornados–. ¿Qué le pasa a mi ropa?

–Pues que vas vestida como si fueras a conocer a tu futura suegra –le contestó él–. La ropa que llevas es puritana, y demasiado convencional.

Tristanne apretó la mandíbula y alzó la barbilla.

–Si querías que me pusiera ropa más atrevida, podrías habérmelo dicho ayer. Me temo que la ropa que he traído en mi maleta es más acorde con la reputación que tienes de ser un hombre de gustos exquisitos –enarcó las cejas–. Parece que me he equivocado.

–Lo que quiero es que lleves ropa que te cubra lo menos posible, sea exquisita o no –le respondió Nikos en un tono pretendidamente suave, pero en el fondo punzante. Dejó que su mano se deslizara por la espina dorsal de Tristanne, hasta llegar a la parte baja de su espalda–. Piel; quiero ver piel –le susurró en el oído, y sonrió cuando ella se estremeció sin poder evitarlo.

Ella abrió la boca, como para decir algo, pero no logró articular sonido alguno, y Nikos volvió a sonreír.

–Cuando entres en una habitación en la que yo esté, debes venir siempre hasta mí –continuó él en un murmullo. Mientras su mano derecha seguía acariciando la espalda de Tristanne, jugueteando con el dobladillo de su blusa y rozando la franja de piel desnuda que quedaba al descubierto entre ésta y la cinturilla del pantalón, la izquierda se enredó en su cabellera–. Y te sentarás siempre en mi regazo a menos que yo te diga lo contrario –apretó los labios contra la curva de su oreja y le acarició la mejilla con la nariz, haciéndola estremecer de nuevo.

–Comprendo –respondió ella en un hilo de voz. Había bajado la vista y sus mejillas se habían teñido de rubor.

–Y siempre me saludarás con un beso –le susurró Nikos, antes de tomar sus labios.

Una vez más, aquel fuego traicionero envolvió a Tristanne, reduciéndola a una brizna de hierba a merced del viento del deseo, que la agitaba a un lado y a otro mientras gemía contra la boca de Nikos, deliciosamente inmóvil entre sus fuertes brazos. Casi se olvidó de todo mientras aquellos sensuales labios reclamaban los suyos. Quería olvidarse de todo.

Pero eso era precisamente lo que no debía hacer; jamás. Se echó hacia atrás, poniendo fin al beso, y miró a Nikos. Sus ojos parecían de oro fundido, y desprendían tal calor que Tristanne sintió palpitar su sexo. Una leve sonrisa se dibujó en los experimentados labios de Nikos.

—Gracias por la lección —le dijo ella con voz ronca.

No debía sucumbir a la pasión. Así había sido como su madre había acabado dominada por su padre. Ella no iba a cometer el mismo error.

—No sabía que hubiera terminado —respondió él bajando la vista a su boca, y acariciando de nuevo la piel desnuda de la parte baja de su espalda.

Tristanne se contuvo para no estremecerse, pero sintió que las mejillas le ardían.

—Ya sabemos que en este respecto nos compenetramos muy bien —le dijo en un tono desprovisto de emoción. «Eres una Barbery, una mujer de hielo», se recordó desesperada—. Nos quedan muchas otras áreas por explorar.

—Me parece, Tristanne, que sigues sin comprender el fondo de la cuestión —murmuró él divertido, enarcando las cejas.

Sería tan fácil perderse en su mirada, doblegarse a su voluntad..., pensó ella. ¿Pero qué sería de ella entonces? ¿Qué sería de la Tristanne que había luchado tan duramente por ser dueña de su vida, por no depender del apellido de su familia? Y, lo más importante: ¿qué sería de su madre? Tenía que mantener el control sobre la situación.

—Te equivocas —le dijo, haciendo acopio de valor.

Se echó el cabello hacia atrás y se obligó a sonreírle a pesar de sentirse como si estuviera sentada sobre una plancha caliente. Podía hacerlo, se dijo. Le ocultaría su debilidad y sólo le dejaría ver lo que quería que viera.

–Te lo ruego, continúa –le pidió él con sorna.

–Aunque te agradezco que me hayas puesto al corriente de toda esa lista tuya de normas, y te aseguro que haré todo lo posible por seguirlas, creo que el ser una amante es mucho más que seguir órdenes –comenzó Tristanne, trazando lentamente con la yema del índice la línea de su recia mandíbula–. Una buena amante debe ser capaz de anticiparse a las necesidades del hombre. Debe saber adaptarse a sus estados de ánimo, y saber conducirlo. Es algo así como una compleja danza.

–No se parece en nada a bailar –replicó él–. No si se hace correctamente. Un eufemismo no puede cambiar los hechos, Tristanne.

–Bueno, por supuesto la amante tiene que tener la suficiente habilidad para que el hombre no se dé cuenta de que ella está marcando los pasos –continuó Tristanne, como si hablase de esa clase de cosas a diario, antes de apartar sus brazos para ponerse de pie–. Pero tengo que confesarte que tengo algo de perfeccionista.

Se alejó de él, y al llegar a la barandilla de la cubierta se volvió hacia él y apoyó la espalda en ella.

–Háblame de esa tendencia tuya al perfeccionismo –le pidió Nikos, echándose hacia atrás en su asiento.

–El sexo es algo muy limitado.

Nikos enarcó las cejas.

–Supongo que eso depende de la calidad del sexo –replicó–. Y de con quién se practique.

Tristanne agitó una mano en gesto desdeñoso, como si fuera una experta en el tema.

–Tiene mucho más mérito una seducción inteligente y gradual –le dijo–. Al fin y al cabo eso es lo que hace una amante: crea la fantasía y seduce al hombre, que es lo que se espera de ella.

–Me alegra que estemos de acuerdo en qué es lo que se espera de ella –respondió Nikos–. Es la parte más importante de la ecuación. Pero me parece que estamos perdiendo de vista lo más importante. Estoy encantado de que quieras hacer un buen papel como mi amante, pero si crees que va a haber algún debate sobre quién llevará la batuta en esta relación, me temo que debo quitarte esa idea de la cabeza.

No le hacía falta emplear un tono autoritario ni dirigirle una mirada severa al decir esas cosas, y de hecho lo que hizo fue todo lo contrario: se recostó en su asiento y estiró las piernas.

–Me estás malinterpretando –le dijo Tristanne con voz suave, conciliadora, como cuando su madre se quejaba desconsolada por lo desgraciada que era.

Cuando Nikos sonrió burlón, se dio cuenta de que sabía qué estaba intentando hacer: apaciguarlo, manejarlo.

–Lo dudo mucho –dijo–. Claro que yo no tuve la suerte de educarme en colegios caros como tú. Tal vez deberías explicarme las cosas con palabras simples que pueda entender.

Tristanne pasó por alto aquel ridículo comentario. La desconcertó el resentimiento que vio reflejado en sus ojos, pero decidió ignorarlo también. Aquello no era asunto suyo. Dentro de una semana podría disponer de su fondo fiduciario para ayudar a su madre y estaría de regreso en Vancouver. Por eso, aunque sentía curiosidad y habría querido preguntarle a qué había venido eso de su educación, respondió:

–Lo que estoy intentando decir es que debemos concentrarnos en otras cosas aparte del sexo. El sexo no tiene ningún misterio, pero la seducción es un arte, ¿no crees? Y si quiero ser una buena amante tendré que conquistarte tanto en el terreno de lo puramente físico como en el del intelecto. Toda buena seducción comienza por el cerebro; el uso del cuerpo es algo secundario. Algo así como el postre, podríamos decir.

–Mi cerebro no es la parte de mi cuerpo que te invitó a acompañarme en este viaje, Tristanne –le dijo él, sacudiendo la cabeza.

–Pues debería haber sido así –le contestó ella. Lo miró a los ojos, y se decidió a lanzar un órdago–. Porque no podemos acostarnos, Nikos. No tan pronto. No mientras estemos a bordo de este barco.

Capítulo 5

NIKOS se echó a reír. Fue una risa franca y cautivadora que pilló desprevenida a Tristanne, hasta el punto de que estuvo a punto de contagiarse de ella.

–¿Por qué será que no me sorprende esta salida tuya? –se preguntó él en voz alta. Luego, con una sonrisa que mostraba sus blancos dientes, la miró a los ojos–. Explícame por qué debería acceder a algo así.

–Acabo de hacerlo.

–Tienes razón –admitió él. Luego se quedó callado un momento, sacudió la cabeza, y se encogió de hombros–. En fin, si es lo que quieres... supongo que tampoco importa tanto.

Tristanne pestañeó con incredulidad. Le parecía imposible que hubiera podido convencerlo tan fácilmente.

–¿Qué quieres decir? –inquirió.

–Que puedes poner los límites que quieras –respondió él, encogiéndose de hombros otra vez–. Cuando creas que hemos llegado a ellos y que no debemos traspasarlos, no tienes más que decirlo.

–Eso no es lo mismo que estar de acuerdo con lo que he propuesto.

–No –asintió él con esa media sonrisa burlona tan acostumbrada en él–, no lo es.

–Pues creo que sería bueno que llegáramos a algún tipo de...

–No habrá ningún acuerdo –la interrumpió él, poniéndose de pie. Fue hasta ella, y alargó la mano para tomar un mechón de su cabello rubio y darle un pequeño tirón. Fue un gesto extraño, porque en parte resultaba afectuoso, pero por otra también era claramente posesivo–. No voy a prometerte una cosa así. Sólo te prometo que, si tú no lo quieres, bastará con que lo digas. ¿No es suficiente con eso?

Si fuera otro hombre, lo sería, pensó Tristanne. Nunca hasta entonces había tenido problemas para rechazar a un hombre... porque nunca se había encendido en ella la llama del deseo sólo con una mirada o una leve caricia, como le ocurría con él.

–Bueno, es un comienzo –dijo finalmente.

–Si te sirve de algo –añadió él acercándose un poco más y colocando las manos en la baranda, a ambos lados de ella–, yo creo en un enfoque más holístico: cuerpo y mente como una sola cosa.

–No te burles –le espetó Tristanne, consciente de que su voz había sonado irritada, a pesar de que no era lo que había pretendido–. La seducción es un arte que requiere de una buena dosis de investigación, de misterio, de planificación...

–Y de esto también –la interrumpió él.

Antes de que Tristanne pudiera decir nada más, se inclinó, tomando su rostro entre ambas manos, y la besó en los labios. No fue un beso tan abrumador como el anterior, pero sí igual de apasionado y, cuando una de las manos de Nikos se deslizó por su hombro y la asió de un modo posesivo por el brazo, Tristanne no pudo evitar estremecerse, y un gemido dolorido escapó de su garganta.

Nikos se echó hacia atrás con una expresión preocupada, y bajó la vista a la mano en su brazo.

–¿Te he hecho daño? –le preguntó.

–No –mintió ella con un nudo en el estómago–, no es nada.

Pero Nikos la ignoró, le levantó la manga de la blusa, y masculló algo en griego entre dientes mientras observaba la parte superior de su brazo con el ceño fruncido, las marcas amoratadas que ella había visto esa mañana al ducharse, las marcas de cada uno de los dedos de Peter, que la había agarrado por el brazo y la había zarandeado la noche anterior en el hotel, después de la fiesta, cuando la había increpado por haber actuado por su cuenta, contraviniendo sus planes.

Tristanne sintió que la invadía la mezcla de ira, vergüenza y miedo que experimentaba cada vez que alguien descubría muestras como ésa del comportamiento violento de su hermano, cuando se veía obligada a exculparlo y restarle importancia. Los ojos le escocían por las lágrimas que se agolpaban en ellos y que estaba esforzándose por contener.

–No es nada –repitió en un murmullo, soltándose para bajarse la manga.

Alzó el rostro vacilante, temiendo ver lástima en los ojos de él, pero cuando lo hizo no fue capaz de leer en ellos. Nikos se quedó mirándola un buen rato antes de apartarse de ella.

–Tengo que ocuparme de unos asuntos. Cámbiate esa ropa por otra más sugerente y ponte cómoda, como si estuvieras en tu casa –le dijo–. Ah, por cierto, esta tarde haremos una parada en Portofino y saldremos a cenar.

Le dirigió otra larga e intensa mirada, igual de críptica, y una sombra cruzó por su rostro. Por un instante Tristanne creyó que iba a decir algo, pero se dio la vuelta y se alejó sin más, dejándola a solas con sus agitados pensamientos.

Una verdadera amante no habría desaprovechado la oportunidad de exhibir su cuerpo, pensaba Nikos aquella tarde mientras terminaba una larga ronda de llamadas a sus socios en Atenas.

Una amante con iniciativa se habría puesto a tomar el sol en topless, por ejemplo, para llamar su atención. O, sabiendo que él estaba mirando, se habría pasado una hora entera embadurnándose de protección solar en la poses más provocativas. Una amante habría sabido que debía esforzarse por asegurar su «puesto», y que la mejor forma de conseguirlo era que cada una de sus palabras y acciones excitasen a su protector.

Tristanne Barbery, en cambio, estaba demostrando que no tenía ni idea de cómo se comportaba una amante eficiente. Llevaba toda la tarde con la nariz metida en una novela. Una de ésas con un montón de páginas y la letra apretada; la clase de novela de la que se derivaba que quien la leía era capaz de pensar, y ningún hombre esperaba de su amante profundos y complejos pensamientos.

En cualquier caso, lo del libro habría sido pasable si hubiese llevado puesto un biquini minúsculo, uno de ésos que apenas cubrían nada y que parecían pedir a gritos que alguien los arrancara.

Pero Tristanne, a pesar de que le había dicho que se cambiase y se pusiese algo más sugerente, no le había hecho caso, y seguía con el mismo pantalón y la misma blusa. Si no fuera porque tenía la impresión de que estaba absorta en la lectura y se había olvidado por completo de él, pensaría que estaba desafiándolo deliberadamente.

Después de discutir los detalles de un contrato que había esperado cerrar hacía semanas, se despidió de su interlocutor y colgó el teléfono. Se frotó el rostro con las manos, y se recostó en su sillón de cuero tras el reluciente escritorio de madera. Sabía que, si giraba su asiento y miraba por la ventana, vería a Tristanne en el mismo sitio en el que había estado las últimas horas: en cubierta, acurrucada en una tumbona bajo una sombrilla, absorta en el libro que estaba leyendo.

¿Por qué la encontraba tan excitante? ¿Por qué lo divertía tanto? ¿Por qué se dibujaba una sonrisa en sus labios cada vez que pensaba en ella? Nunca había experimentado nada semejante, y aquello lo intrigaba además de inquietarlo.

Sin poder contenerse, giró el sillón y tal y como había imaginado allí seguía, en el mismo sitio, ajena a todo lo que la rodeaba, concentrada en la lectura. Se había vuelto a recoger el pelo en un moño, pero con la brisa del océano algunos mechones habían escapado de él.

Se preguntó a qué creía que estaba jugando. ¿Acaso pensaba que podía jugar con él? Pronto aprendería que no era la clase de hombre que se dejaba manejar por una mujer.

En ese momento recordó las moraduras en el brazo de Tristanne, moraduras que estaba seguro que le había hecho su hermano, y un sentimiento de furia se apoderó de él. El muy canalla... él jamás sería capaz de ponerle la mano encima a una mujer. Él no atacaba a los débiles.

Una vocecilla en su interior le dijo que eso no era cierto. Al fin y al cabo estaba decidido a utilizar a

Tristanne para hacer daño a su enemigo. ¿En qué lo convertía eso?

No, eso no lo situaba al mismo nivel que Peter Barbery, replicó irritado para sus adentros. Tristanne no era un inocente corderito; estaba seguro de que no había sido algo casual que se hubiese acercado a él delante de unos setenta testigos en medio de la fiesta de la noche anterior para pedirle que la besara. Estaba tramando algo. Era evidente que no tenía ningún interés en ser su amante, y que tampoco tenía talento para ello.

–Dime –murmuró Nikos de repente, haciendo que todos los nervios del cuerpo de Tristanne se pusieran en alerta–, ¿tu hermano tiene por costumbre dejarte marcas como ésa que tienes en el brazo?

Era la primera vez que Nikos abría la boca desde que habían bajado del yate, y su voz pareció resonar en las calles empedradas del pueblo italiano de Portofino, enclavado junto al pequeño puerto y rodeado de verdes colinas de pinos, cipreses y olivos. Tristanne se llevó instintivamente una mano al brazo, cubierto por un chal que se había echado sobre los hombros, y tuvo que hacer un esfuerzo para contrarrestar la sensación de vergüenza e ira que afloró en su interior.

Inspiró profundamente y le lanzó una mirada de reojo al apuesto hombre que caminaba a su lado con las manos en los bolsillos del pantalón. Su humor parecía haber cambiado considerablemente con el paso de las horas. Ya no se burlaba de ella ni le lanzaba pullas. Hasta ese momento había permanecido callado, pensativo.

–Por supuesto que no –mintió ella, bajando la vista a sus pies.

Se sentía incómoda, extraña. También estaba irritada consigo misma por haberse vestido para complacerlo, y aún más porque era perfectamente consciente de por qué lo había hecho. Al principio, cuando se había enfundado aquel vestido dorado que le recordaba a los ojos de Nikos, un vestido sencillo con tirantes de espagueti que abrazaba sus curvas y dejaba la espalda al descubierto, no había pensado demasiado en ello.

En un principio tampoco se había planteado por qué se había dejado el cabello suelto, ni por qué se había aplicado unas gotas de perfume detrás de las orejas y en el hueco entre sus senos, ni por qué se había maquillado con tanto esmero. Había tenido la sensación de que era otra persona la que había hecho todas aquellas cosas.

Pero eso había sido sólo hasta que había salido a cubierta para reunirse con Nikos. Cuando se volvió hacia ella al oírla llegar y vio el fuego en sus ojos, supo que lo había hecho para complacerlo. ¿Acaso se había vuelto loca? No quería seducirlo; se suponía que estaba haciendo aquello por su madre, se dijo apretándose el chal.

—¿Eso es todo lo que tienes que decir? —la increpó Nikos con cierta aspereza.

Tristanne alzó la vista hacia él. La mirada de Nikos imponía tanto bajo el cielo nocturno como durante la luz del día.

—¿Acaso es necesario que defienda a mi familia? —inquirió ella, encogiéndose de hombros con fingida indiferencia—. En todas las familias hay discusiones, ¿no?, escenas desagradables y comportamientos de unos o de otros de los que luego se arrepienten.

—No soy un experto en el tema, pero creo que no es normal que en las disputas familiares se recurra a la violencia. O no debería serlo.

–Me salen cardenales con mucha facilidad –murmuró Tristanne, en el mismo tono de fingida indiferencia para restarle importancia.

En cualquier caso prefería que Peter descargara su ira sobre ella y no sobre su madre. No quería recordar la discusión de la noche anterior, cómo se habían clavado en su brazo los dedos de Peter, ni los insultos que le había lanzado su hermano con el rostro crispado por la ira. Y tampoco quería hablar de aquello, y menos con Nikos. Sintió que las lágrimas volvían a quemarle los ojos, pero hizo de nuevo un esfuerzo por no derramarlas.

«Ahora no», se ordenó desesperada, parpadeando para contenerlas. «No delante de él».

Nikos se detuvo, y cuando Tristanne hizo lo mismo se volvió hacia ella.

–¿Qué clase de hombre es tu hermano para llegar tan bajo como para ponerte las manos encima? –le preguntó en un tono acusador. Sus ojos relampagueaban–. Imagino que tu padre Tristanne ya no podía seguir conteniendo sus emociones. La mezcla de rabia y vergüenza que borboteaba dentro de ella se desbordó, y dirigió su ira al hombre que estaba en aquella pequeña plazuela del pueblo frente a ella, tan condenadamente guapo y a la vez tan exasperante. ¡Le estaba saliendo todo al revés! Se sentía atraída por él cuando lo último que quería era que aquella atracción le hiciera olvidar por qué estaba haciendo aquello. Detestaba el hecho de que Nikos hubiera deducido, sin que ella le hubiese dicho nada, que había sido Peter. ¿Y por qué sentía tanta vergüenza, preguntándose qué estaría pensando de ella? ¿Por qué tenía que preocuparle lo que aquel hombre pudiese pensar de ella?

–¿Que qué clase de hombre es Peter? –repitió airada, presa de su propio temperamento. Al menos la ira era mejor que las lágrimas, se dijo. Cualquier cosa antes que llorar delante de aquel hombre–. No sé cómo contestar a eso. ¿Un hombre como todos los demás? ¿Un hombre normal? Al fin y al cabo sois todos iguales, ¿no es verdad?

–Cuidado, Tristanne –la advirtió Nikos, enarcando las cejas.

Pero ella no le escuchó.

–Los hombres exigís; queréis controlarlo todo. Dais órdenes, y no os importa lo que quieran o lo que sientan los demás –le espetó, lanzándole aquellas palabras como si fueran puñetazos. Nikos no se movió. Simplemente se quedó allí plantado, mirándola. La expresión que se reflejaba en sus ojos era cada vez más amenazante, pero Tristanne siguió hablando–. Aplastáis y cercenáis lo que va en contra de vuestros intereses. ¿Quién sabe de qué serías capaz tú?

De pronto Tristanne tuvo la impresión de que el mundo hubiese dejado de girar; era como si ya no fuese consciente de nada salvo de su respiración agitada y los ruidos, las voces y las risas que salían de los cafés y los pequeños restaurantes de la plazuela y sus alrededores.

No quería sentirse así. Quería interpretar su papel en el plan que había ideado: el de una mujer fría, inteligente, capaz de seducir..., en vez de tropezarse constantemente con sus emociones. ¿Era todo por él, por aquel hombre?

Nikos alargó el brazo y le apartó un mechón del rostro con una delicadeza que no dejaba traslucir la tensión que había entre ellos. Dejó caer su mano y abrió la boca para decir algo, pero luego sacudió la cabeza, como si lo hubiera pensado mejor.

Una pareja joven pasó corriendo y riendo cerca de ellos, y el chico habría empujado a Tristanne si Nikos no la hubiera asido por el antebrazo para apartarla. Cuando se hubieron alejado la soltó de inmediato, pero un cosquilleo permaneció en la piel de Tristanne, y su corazón tardó en calmarse. No podía seguir así, se dijo. No podía permitirse sentir: ya fuera ira, o desesperación, o aquella sensación cálida que la había invadido en ese momento, que la asustaba, y a la que no se atrevía a dar nombre. No había sitio entre ellos para las emociones.

Se aclaró la garganta.

—Hablaba en general, por supuesto —dijo con la voz ronca por los sentimientos que no podía dejarle entrever.

—Lo sé —murmuró él.

La media sonrisa volvió a asomar, después de tantas horas, a los labios de Nikos, y Tristanne se tuvo que reprender una vez más al darse cuenta de cuánto había ansiado volver a verla. Los ojos de Nikos brillaron en la oscuridad, y Tristanne se estremeció aunque no hacía frío.

—Ven —le dijo él en un tono quedo—. Es hora de disfrutar de la comida italiana, no de pelear.

Capítulo 6

NIKOS no comprendía cómo podía haber discutido en medio de la calle con Tristanne. Era algo que no había hecho en sus cuarenta años de vida, y no sólo iba contra su costumbre, sino que además lo había dejado profundamente preocupado.

No le gustaba montar escenas ni verse implicado en una. No se le daba bien hacer sentir a otros cuando les habían hecho daño, ni tampoco sabía calmar a los demás para evitar que estallaran de ira.

Él mismo no permitía ningún tipo de emociones negativas en su vida. Ya no. Hacía muchos años de la última vez que había rehuido un desafío, o ignorado una acusación contra su persona. De hecho, prefería responder a las acusaciones con la mayor contundencia posible, aplastándolas para asegurarse de que nadie se atrevería a ponerlo a prueba de nuevo.

Sentado frente a Tristanne en un pequeño restaurante frente al puerto, a la luz de las velas, se preguntó si le habría echado un embrujo para hacerlo comportarse de un modo tan poco propio en él. Apenas estaba prestando atención a la deliciosa comida que les habían servido. Le era imposible, inquieto como estaba por las muestras de debilidad que estaba dando... ¡y ante una Barbery nada menos!

¿Era ése su juego? ¿Llevarlo a traicionar sus propias convicciones? Si así era, desde luego tenía que admitir que estaba consiguiéndolo. ¿Qué vendría después? ¿Se echaría a llorar en la plazuela del pueblo? ¿Se pondría a sollozar por el chiquillo que había sido, y al que tanto daño le habían hecho? Antes preferiría rebanarse el cuello con el cuchillo que descansaba junto a su plato, sobre el blanco mantel de lino.

—Debo decir que eres, con diferencia, el miembro más misterioso de tu familia —le dijo a Tristanne.

Al fin y al cabo, ése era el objetivo de que hubiera accedido a aquella charada, ¿no? Para destruir a los Barbery necesitaba conseguir cualquier información que pudiese serle útil. Claro que, más que eso, también había hecho aquel comentario para romper el silencio. Ya había comprobado que el silencio entre ellos podía ser algo peligroso; había demasiado oculto bajo la superficie, demasiados matices que prefería no explorar.

—¿Yo?, ¿misteriosa? —repitió ella. Nikos se fijó en lo tensa que se había puesto de repente. ¿Esperaba un ataque por su parte? Quizá debería. Lo miró a los ojos brevemente antes de contestar—: Lo dudo.

El hecho de que Tristanne fuera tan hermosa no hacía sino empeorar la situación, ya complicada de por sí. No tenía la belleza obvia y provocativa de una amante al uso, pero exhibía una feminidad cautivadora. Era como un potente brebaje que se le subía a uno a la cabeza... o, en su caso, se le iba directamente a la entrepierna.

Era demasiado hermosa para una rata de alcantarilla como él, tenía demasiado pedigrí y elegancia; era demasiado perfecta. Era el tipo de mujer por la que habría hecho locuras en su adolescencia, a la que habría idolatrado, como a una diosa. En ese momento casi la detestó por recordarle aquellos días terribles en los que se había dejado arrastrar ciegamente por su agónica determinación de escapar del agujero en el que se había criado, en vez de aplicar el enfoque analítico y la astucia, las dos armas en las que confiaba como adulto.

Pero ya no era aquel adolescente. Había exorcizado sus demonios y aquella ira juvenil hacía muchos años.

–A tu padre, mientras vivía, y a tu hermano... y hasta a tu madre se les ha visto muy a menudo en todo tipo de eventos sociales –le dijo–. A ti en cambio no. Yo ya estaba empezando a pensar que no eras más que una leyenda: un cuento de hadas sobre la heredera perdida de los Barbery.

Tristanne lo miró un momento antes de volver a bajar la vista a su plato.

–No estaba perdida –dijo con una sonrisa–. Lo que pasa es que mi padre y yo teníamos opiniones distintas en cuanto a mi formación universitaria. Al final decidí seguir mi criterio.

–¿A qué te refieres? –inquirió él, cautivado por cómo brillaba su piel con la luz de las velas.

–Decidí estudiar Bellas Artes a pesar de que mi padre pensaba que era una pérdida de tiempo. Él creía que debería haber estudiado Historia del Arte, porque así habría tenido tema de conversación con algún potencial marido en las fiestas de sociedad, donde muchos hombres ricos son coleccionistas de arte –le explicó Tristanne, jugueteando con su tenedor. Parecía nerviosa, pensó él. Finalmente dejó el tenedor sobre el plato, y añadió–: Quería ser artista, ¿sabes? Dibujar; pintar.

Nikos nunca había podido permitirse el lujo de satisfacer sus impulso creativos; había estado demasiado ocupado luchando por sobrevivir. Y luego, cuando había asegurado su supervivencia, había continuado sin tomarse un respiro, porque no quería volver a caer en la pobreza; jamás.

–Bueno, la verdad es que la carrera que escogiste no era muy práctica –dijo, incapaz de evitar que su voz sonara algo mordaz–. ¿No es ése el fin de la universidad?, ¿recibir una educación que te permita tener un futuro?

–Mi padre y tú os habríais llevado bien –observó Tristanne con aspereza. Se movió en su asiento, y la luz titilante de las velas acarició sus mejillas, su cuello, y proyectó sombras entre sus senos–. Cuando opté por desoír su consejo se negó a pagarme la universidad, así que decidí mudarme a Vancouver, lo cual según parece hizo que casi le diera un ataque. No le gustaba que desafiaran sus normas –esbozó una leve sonrisa–. No era un clima precisamente favorable para las reuniones familiares, así que imagino que ahora comprenderás por qué no se me ha visto en ninguno de esos eventos en Europa durante estos últimos años –concluyó sarcástica.

–Espero que no te veas a ti misma como la víctima en toda esta historia –dijo él en un tono cortante como el filo de una cuchilla–. Si aceptaste que tu padre pagara tus estudios, no puedes quejarte por haber hecho lo que quisiste. La independencia tiene un precio.

Tristanne le sostuvo la mirada.

–Yo no he dicho lo contrario –replicó al cabo de un rato–. No soy la hipócrita que querrías que fuera. Al tomar la decisión de mudarme a Canadá también escogí no recibir ni un céntimo más de él.

Un sentimiento que Nikos no habría sabido describir afloró en su interior. Tal vez irritación, tal vez desdén. Sin embargo, no era así de simple, quizá porque ese sentimiento no iba dirigido contra ella.

–¿Lo escogiste, o él renegó de ti? –inquirió.

–¿Quién puede juzgar quién renegó de quién? –le espetó Tristanne en un tono despreocupado que él no creyó en absoluto–. En cualquier caso nunca volví a aceptar ni un céntimo de él –alzó la barbilla, orgullosa–. Tuve que trabajar como camarera para pagarme los estudios, pero no me importó porque era un trabajo honrado. Y puede que no tenga mucho en Vancouver, pero lo poco que tengo es mío y lo he conseguido con mi esfuerzo.

Nikos se sintió identificado en sus palabras, pero de inmediato reprimió ese sentimiento sin piedad. No se parecían en nada. Dijera lo que dijera, Tristanne no era más que otra niña rica y mimada que se había independizado en un impulso de rebeldía, sólo por enfrentarse a su padre. Después de todo, se había dado mucha prisa por regresar a Europa tras su muerte. ¿Esperaba congraciarse con su hermano ahora que era él quien controlaba la fortuna de la familia? ¿Qué sabría ella de lo que era luchar por algo de verdad, como había tenido que hacer él porque no había tenido otra opción? No tenía ni idea.

–Qué gesto tan noble, abandonar la cómoda vida que llevabas para hacer lo que querías –se mofó él, y tuvo la satisfacción de verla palidecer. Sonrió con malicia–. Estoy seguro de que la gente de los suburbios donde crecí también lo verían así... si no tuvieran que luchar día a día por sobrevivir y salir adelante, por necesidad, porque no tienen nada.

Tristanne se sonrojó, pero lo miró a los ojos, como si no le tuviera ningún miedo. Nikos, sin embargo, sabía que no era así. Y debería temerlo, si supiera cuál era su plan.

–Claro que todo eso, ahora que estás aquí, ya no cuenta en absoluto, ¿no es así? –inquirió, desafiándola a decir lo contrario–. Ahora eres mi amante, y aspiras a ser merecedora de mi generosidad. ¿Ha perdido su encanto el trabajo honrado, Tristanne? ¿O es que de pronto recordaste que no tenías por qué trabajar para tener dinero?

–Algo así –masculló ella, bajando la vista.

Nikos observó con un regocijo cruel que le temblaban las manos. Así era como tenía que ser, por mucho que le deseara. Tristanne era sólo un instrumento para su venganza; nada más.

A la tarde siguiente, cuando fueron hasta Florencia en coche, Tristanne aún estaba dolida por aquella conversación y las desagradables emociones que había despertado en ella.

Después de cenar en aquel pequeño restaurante de Portofino habían regresado al yate, pero apenas había podido pegar ojo. Había estado dando vueltas en la cama, sintiéndose más frustrada a cada hora que pasaba.

Se preguntaba si no sería que una parte de ella había estado esperando, preguntándose si Nikos iría a su camarote para reclamar los derechos que sin duda consideraba que tenía sobre ella ahora que se había convertido en su amante. No podía negar que ése era el motivo por el que había estado toda la noche ansiosa, en tensión, con la piel hipersensible al más leve contacto, como el roce de las sábanas.

¿O podría ser tal vez, que esa noche en blanco se debiera a la agitación que le había causado todo lo que le había dicho en el restaurante, y cómo la había hecho sentir? ¿Por qué debía importarle lo que pensara de ella, se había repetido, una y otra vez durante la noche?

Al final había acabado durmiéndose justo cuando el cielo estaba empezando a clarear. Se había levantado un poco antes de las nueve, aunque de mala gana, porque Nikos le había dicho que se reuniera con él en el comedor a las nueve y media para desayunar. Se había dado una larga ducha con la esperanza de despejarse y que no se le notase que había pasado una mala noche, pero al entrar en el comedor él ni la había mirado.

–Tienes treinta minutos para desayunar –le dijo sin apartar la vista de su PDA de última generación–. Tenemos que ir a Florencia.

–¿A Florencia? –repitió ella, sacudiendo la cabeza contrariada–. Creía que íbamos a Grecia.

En la mesa del bufé, había fuentes con fruta, huevos revueltos, bollería y otras muchas cosas, pero por algún motivo parecía haber perdido el apetito.

Nikos la había mirado entonces, con una expresión hosca, y había repetido:

–Treinta minutos.

Tristanne tardó cuarenta, su manera silenciosa de protestar, pero él continuó ignorándola, como hizo cuando bajaron del yate. Iba hablando en griego con alguien por el móvil, y parecía sumamente irritado.

Allí había un deportivo esperándolos, junto a uno de los empleados de Nikos. Éste le había entregado las llaves del vehículo, y se habían subido a él.

Mientras conducía, Nikos no se había molestado en entablar conversación, y Tristanne había girado la cabeza hacia la ventanilla para observar la costa. En algún momento debía haberse quedado dormida, porque cuando se despertó se encontró con que ya estaban en

Florencia, con sus estrechas calles medievales y sus antiguos edificios de piedra, con las colinas de la Toscana alzándose verdes y serenas en la distancia.

–¿Cuánto llevo durmiendo? –le preguntó a Nikos.

Le pareció como si su voz sonase muy alta al romper el silencio dentro del coche. ¿Cómo podía haberse quedado dormida en presencia de aquel hombre? Sin duda la culpa era de la mala noche que había pasado. Se llevó las manos al cabello involuntariamente, como si el alisárselo pudiera aminorar de algún modo la vergüenza que le daba haber bajado la guardia de esa manera.

–No sé; ya hace un rato que dejé de contar tus ronquidos –le respondió él–, aunque debo decir que eran muy musicales.

Tristanne le lanzó una mirada y vio que su acostumbrada media sonrisa había aflorado a sus labios. No estaba segura de qué podía significar, ni de por qué le pareció una sonrisa más amable y menos sarcástica que otras veces. Sabía muy bien que no podía ser, que en aquel hombre la amabilidad era algo momentáneo; como un efecto óptico.

–Yo no ronco –protestó–. ¡Qué grosero!

–Si tú lo dices... –contestó él. Giró la cabeza y se quedó mirándola un instante antes de volver la vista al frente–. A mí me parece que es más grosero quedarse dormido en presencia de otra persona. Me hiere que me encuentres aburrido hasta llegar a ese extremo, Tristanne.

La intuición, y un impulso suicida de pincharlo, la hizo sonreír como a un niño con zapatos nuevos.

–Pobre Nikos –dijo con sorna–. Ésta debe de haber sido una nueva experiencia para ti. Estoy segura de que todas las mujeres con las que habías estado hasta ahora se esforzaban por hacerte creer que eras tan cautivador, tan interesante, que apenas se atrevían a respirar sin tu permiso. Y mucho menos a dormirse, por supuesto –fingió un largo bostezo, estirando los brazos y las piernas, como si a ella no la cautivara en absoluto.

Momentos después Nikos detenía el vehículo, aunque Tristanne apenas fue consciente de ello. A pesar de su fingida indiferencia y su socarronería, la verdad era que ni por un instante habría podido ignorar la presencia de Nikos a su lado, que parecía inundarlo todo, empequeñecerlo todo con esa aura de poder y esa tensión entre ellos que no sabía definir.

Su cuerpo, sin embargo, sabía exactamente lo que era esa tensión, y vibró todo él en respuesta, haciendo que sus pezones se endurecieran bajo el sencillo vestido verde de tubo que llevaba.

–Una vez más, Tristanne –le dijo él, su voz aterciopelada pero con un matiz amenazante, mientras se desabrochaba el cinturón de seguridad–, me sorprende lo poco que pareces saber respecto a cómo se comporta una amante –se giró hacia ella–. ¿Crees que alguna de mis anteriores amantes me pinchaba y se burlaba de mí?

Tristanne no sabía si un duende travieso se había apoderado de ella, o si era aquella agitación que sentía en su interior, pero no se dejó acobardar, ni se retractó ni se disculpó a pesar de la obvia amenaza en su voz, en su mirada, en el modo en que su brazo se deslizó sobre el reposacabezas de su asiento, acorralándola, recordándole el papel que se suponía que debía estar interpretando.

Le miró a los ojos, sin arredrarse, como si todo aquello fuese parte de su plan. Enarcó las cejas, desafiándole.

–Y yo me pregunto cuánto tardaste en cansarte de ellas –le espetó–, de esas mujeres tan complacientes y sin carácter. ¿Recuerdas siquiera sus nombres?

Una sonrisa lobuna se extendió por el rostro de Nikos, y sus ojos parecieron tornarse de oro líquido, como un atardecer reflejándose en el agua, y Tristanne se olvidó por un instante de cómo respirar.

–Te aseguro que recordaré el tuyo –le prometió–. Eres increíble –añadió con una risa áspera–. Pero ahora no tenemos tiempo para esta clase de discusiones –le dijo señalando la ventanilla con la cabeza. Se habían detenido frente a un edificio antiguo con un pórtico de columnas y un portón impresionante–. Ya hemos llegado.

Tristanne no habría sabido decir si se había sentido aliviada o decepcionada cuando Nikos la dejó, momentos después de conducirla a un suntuoso apartamento en la última planta del antiguo edificio. Tristanne no se había dado cuenta de que estaban en pleno centro de la ciudad hasta que, cuando Nikos se hubo marchado y se hubo cerrado la puerta detrás de él, se volvió hacia los enormes ventanales de la pared opuesta, y se encontró mirando directamente la famosa cúpula roja y blanca de la mismísima catedral de Santa Maria del Fiore.

Tristanne había crecido en el seno de una familia rica y estaba acostumbrada a los lujos, pero la abrumó el sólo pensar en el dinero que debía gastarse Nikos cada año en mantener un apartamento en un lugar tan céntrico como aquél en la ciudad de Florencia, cuando seguramente apenas hacía uso de él.

Sin duda para él todo se reducía a que cualquier cosa o persona tenía poco valor excepto como moneda de cambio. Probablemente para él la vida eran transacciones: comprar, amasar, vender o canjear. La clase de hombre que había sido su padre: frío y calculador, sólo se movía por el dinero, y jamás por sus sentimientos o sus emociones.

Durante los pocos minutos que había estado allí antes de irse, Nikos ni siquiera se había parado a mirar aquella impresionante vista. El Duomo de Florencia era uno de los monumentos más importantes de Italia, de todo el mundo. Tenía una significación histórica e internacional, pero él se había limitado a dar unas cuantas instrucciones al servicio, y a ella le había dicho que tenía que asistir a unas reuniones de trabajo, y que no regresaría antes de las seis de la tarde.

¿Habría comprado aquel apartamento porque le encantaban las vistas y quería disfrutar de ellas cuando pasase por Florencia, o sólo cómo inversión porque estaba en el centro de la ciudad?

–¿Ya te marchas? –le había preguntado ella sorprendida–. ¿Y qué voy a hacer yo aquí sola tantas horas?

Él casi se había mostrado irritado por la pregunta.

–Lo que hace siempre una amante –respondió él enarcando una ceja–. Esperar y mostrarte solícita cuando vuelva.

Esperar a su regreso. Como si fuese una casa de campo que su dueño sólo visitaba de cuando en cuando. ¿No había sido eso lo que había hecho su madre durante toda su vida?

Se acercó al ventanal, y una ráfaga de tristeza la invadió sin saber por qué.

No habría sabido decir cuánto tiempo permaneció allí de pie, mirando la hermosa cúpula sin verla en realidad, pero de pronto sintió una punzada de añoranza:

echaba de menos su apartamento en el barrio de Kit-
silano, en Vancouver. Ansiaba estar ya de vuelta allí,
ser libre de nuevo, y se encontró deseando que los días
anteriores sólo hubieran sido un mal sueño. O todo el
mes anterior, ya puestos. Fuera la luz había cambiado;
el cielo se había cubierto de nubarrones grises, y estaba empezando a chispear.

Tristanne sacó el móvil de su bolso y llamó a su
madre, que era, después de todo, la razón por la que
estaba allí, en vez de en su pequeño estudio, en Vancouver, pintando.

—¡Hola, cariño! —exclamó su madre alegremente al
otro lado de la línea. No había en su voz atisbo alguno
de su persistente tos, y Tristanne se imaginó el esfuerzo que debía de estar haciendo para que pareciera
que estaba bien. Su madre nunca se quejaba—. ¿Lo estás pasando bien? Te merecías esas vacaciones.

Tristanne esbozó una sonrisa amarga. Su pobre madre... Tan frágil, tan dulce, que se había pasado toda su
vida bajo el cuidado de un hombre u otro: su padre,
su esposo, luego su hijastro. Era un anacronismo, pensaba Tristanne a menudo, con mayor o menor frustración dependiendo de cómo estuviera de humor. Parecía
salida de otra época, de otro mundo. Y sin embargo, con
todo, siempre había sido la luz que había iluminado su
vida, lo único que había hecho que su infancia fuera
soportable. Su madre había sido un arcoíris de brillan-
tes colores y una fuente inagotable de entusiasmo en
medio de la fría oscuridad que había sido la indiferencia de su padre hacia ella y el rencor de Peter. Ahora
su madre estaba pasando por un mal momento, y Tristanne haría cualquier cosa por ella. Incluso lo que estaba haciendo.

—Tienes que hacer muchas fotos, cariño —añadió su

madre, casi bullendo de excitación–. Tienes que dejar constancia de tus aventuras para la posteridad.

Una dama no hablaba de las razones por las que estaba haciendo ese viaje, ni tampoco de sus deudas ni de sus problemas de salud.

–No estoy segura de que quiera recordar este viaje –respondió Tristanne sin poder evitar cierta aspereza en su voz, pero su madre se rió y cambió de tema.

Momentos después se despedían, y Tristanne colgaba el teléfono. Apoyó la frente en el frío cristal y suspiró. Ya no podía dar marcha atrás, pero eso no significaba que tuviese que quedarse allí encerrada hasta que Nikos volviese. Una de las ciudades más hermosas del mundo le aguardaba ahí fuera, rebosante de historia y de arte, y aquella llovizna veraniega sería el bálsamo perfecto para su corazón.

Capítulo 7

NIKOS estaba esperándola cuando torció la esquina. Al principio pensó que debía de ser una alucinación, la clase de alucinaciones que había estado teniendo una y otra vez toda la tarde, y que la habían irritado enormemente. Le había parecido verlo en una de las abarrotadas salas de la Galería de los Uffizi mientras admiraba el famoso cuadro del nacimiento de Venus de Botticelli, y luego mientras paseaba por el Ponte Vecchio, el antiguo puente lleno de tiendas y turistas sobre el río Arno, pero sólo habían sido hombres con un remoto parecido.

Por eso, al verlo de lejos frente a sí en ese momento, Tristanne tardó en reaccionar. En un principio pensó que sería sólo un florentino que regresaba del trabajo con su traje de chaqueta y corbata, pero al acercarse vio que no era una ilusión. Era Nikos, con su cabello negro como el azabache, y esos inconfundibles ojos dorados llenos de fuego.

Estaba apoyado en el muro de piedra del edificio, a resguardo de la lluvia bajo el pórtico, con los brazos cruzados y sus ojos fijos en ella mientras se acercaba.

—¿Dónde has estado?

Su voz pareció resonar en la calle desierta, y a Tristanne le martilleó el corazón en el pecho. Parecía que seguía enfadado, por alguna razón que no quería compartir con ella, pero no por eso iba a dejarse intimidar.

–Te pido disculpas –le dijo con una sonrisa pretendidamente sumisa–. Confiaba en llegar antes que tú
para que me encontraras tumbada en el sofá en una
pose sugerente, esperándote.

Cuando se metió debajo del pórtico con él, Nikos
la observó en silencio, mirándola de arriba abajo. Tristanne no se había preocupado por llevarse un paraguas
porque apenas llovía cuando había salido, pero a su
regreso había empezado a llover con más fuerza, y se
había empapado.

–Mírate; pareces una superviviente de un naufragio
–dijo Nikos–. ¿Qué era tan importante como para que
hayas salido con este tiempo sin llevarte un paraguas?

–Pues no sé –respondió ella con ironía, apartándose
el pelo mojado de la cara–. Sin duda no hay nada en
la ciudad de Florencia que pueda interesar a una artista.

–¿Arte? –le espetó él, pronunciando la palabra como
si fuese un vocablo en una lengua extranjera desconocida para él. Ladeó la cabeza y la miró de un modo
arrogante–. ¿Estás segura de que ha sido el arte lo que
te ha hecho salir a la calle, Tristanne, y no algo más
prosaico?

–Tal vez lo que ocurre es que tú no te interesarías
jamás por un cuadro a menos que sea como una inversión, para colgarlo en tu pared, igual que la vista del
Duomo que se ve desde tu apartamento –le respondió
Tristanne antes de poder contener su lengua–. Para tu
información te diré, y quizá esto te sorprenda, que hay
gente en el mundo que cree que el arte debe estar en
las plazas y los museos en vez de escondido en la co-
lección privada de un ricachón.

–Perdona que no esté a la altura de lo que esperas
de un hombre –respondió Nikos entornando los ojos–.

No tuve demasiadas ocasiones en mi infancia de aprender a apreciar el arte. Me preocupaba más sobrevivir en el día a día. Claro que no querría quitarte el placer de sentirte superior a mí porque eres capaz de diferenciar el estilo de un escultor del Renacimiento del de otro. Estoy seguro de que ése es sólo unos de los muchos talentos útiles que posees.

–¡No vas a conseguir hacerme sentir mal por algo que no tiene nada que ver conmigo! –lo acusó Tristanne, con las mejillas ardiendo de indignación–. Eres tú el que vas por ahí exhibiendo todo el dinero que tienes con tus coches de lujo, tus yates y tus apartamentos... ¿y soy yo la que tengo que sentirme mal por tu pasado?

Los ojos de Nikos relampaguearon.

–¿Y tú esperas que me crea que has salido, con el chaparrón que está cayendo, a dar un paseo para disfrutar de los monumentos de la ciudad? –le espetó él, con una intensidad que Tristanne no comprendió.

–Me da igual que me creas o no –le respondió, encogiéndose de hombros–. Es la verdad.

–¿Y por qué ibas a hacer algo así? –inquirió él, su mirada fija en ella.

Tristanne desvió la vista hacia la calle y se cruzó de brazos.

–Supongo que ahora irás a decirme que una amante no hace ese tipo de cosas –murmuró, sacudiendo la cabeza–. Me imagino que la perfecta amante... no sé, ¿va de tiendas para comprar ropa que no necesita?, ¿se sienta en un sofá y se pone a mirarse las uñas?

Nikos casi sonrió.

–Algo así –dijo–. Lo que desde luego no haría es deambular por las calles de esa guisa.

Tristanne giró la cabeza para mirarlo, y cuando sus

ojos se encontraron se produjo una especie de fogonazo entre ellos. Era algo íntimo, peligroso, incontrolable, incandescente.

Tristanne sintió que le faltaba el aliento. «Cuenta hasta diez», se dijo. «No avives este fuego o te quemará viva. Lo echarás todo a perder».

–Yo sólo me ofrecí a ser tu amante –le dijo. Por alguna razón su voz sonó sugerente en vez de tirante, como había pretendido–. En ningún momento hablé de ser la amante perfecta.

Había algo en Tristanne que lo desarmaba. Tal vez fueran sus grandes ojos castaños, tan inteligentes y a la vez tan recelosos. Tal vez fuera el modo en que alzaba la barbilla, desafiante, o esos labios carnosos que quería devorar cada vez que los miraba. Por no mencionar cómo se pegaba a sus curvas aquel vestido verde empapado por la lluvia.

Tenía sus sospechas respecto a qué habría estado haciendo toda la tarde. ¿Se habría reunido con el cerdo de su hermano? ¿Le habría dado aquella sabandija nuevas instrucciones para el plan que estuviese urdiendo? No podía evitar que le hirviese la sangre en las venas de sólo pensar en ello. No había podido dejar de pensar en ello desde que había regresado para encontrarse con que no estaba en el apartamento y que nadie del servicio sabía dónde había ido.

–No –respondió lentamente, apartándose del muro–, desde luego no puede decirse que seas la amante perfecta.

Tristanne parpadeó con incredulidad.

–Gracias. Oído de tus labios suena aún más insultante.

Nikos habría querido exigirle que le dijera a qué estaba jugando, que confesara el inicuo plan que hubiera urdido con su vil hermano. Como si eso fuera a servir de algo..., como si eso pudiera disculpar la atracción que sentía hacia ella, y que estaba empezando a temerse que no era solamente física.

El ansia que sentía de hacerla suya, de perderse en el dulce aroma de su piel, de hundirse en el abrasador calor de su cuerpo... todo eso era comprensible. Era lo otro lo que estaba empezando a desquiciarlo: el extraño e inexplicable impulso que había tenido la noche anterior de comportarse como un caballero cuando regresaron al yate, marchándose después de darle las buenas noches frente a la puerta de su camarote. ¿Por qué había hecho eso? No era eso lo que había planeado para esa noche.

Sin embargo, sus planes se habían disuelto al ver lo callada que se había quedado Tristanne después de su discusión en la plazuela, y con la mirada dolida que había visto en sus ojos. Provocaba en él sentimientos encontrados, y era como si estuviera embrujándolo con sus constantes desafíos, su lengua afilada, y sus desaires. A cualquier otra amante la habría «despedido» por mucho menos que eso.

–¿Y ahora por qué estás mirándome con el ceño fruncido, como si hubiera cometido un crimen? –le preguntó Tristanne.

–Cuéntame la verdad; dime qué es lo que has estado haciendo todo este tiempo.

–¡No he hecho nada! –protestó ella exasperada.

Nikos exhaló un suspiro y decidió dejar el tema. Alargó la mano hacia Tristanne, que aún tenía los brazos cruzados, y la asió por la muñeca para atraerla hacia sí. Tristanne no opuso resistencia, pero una mezcla de emociones cruzó por su rostro: confusión, preocupación... y la que él más ansiaba ver: deseo.

Nikos la agarró por la cintura y tiró de ella, haciéndole perder el equilibrio a propósito para obligarla a descruzar los brazos. Tristanne tuvo que asirse a sus hombros para no perder el equilibrio, y sus blandos senos quedaron apretados contra el muro de su pecho.

Cuando echó la cabeza hacia atrás para mirarlo, lo miró con los ojos muy abiertos, muy serios, pero en ellos ardía el mismo fuego que estaba abrasándolo a él.

—Nikos... —murmuró, frunciendo ligeramente el ceño.

Sin poder contenerse, Nikos bajó la cabeza y la besó en la frente. Un gemido ahogado escapó de los labios de Tristanne.

—Nikos, yo creo que... —comenzó de nuevo.

—Yo creo que piensas demasiado —la interrumpió él, antes de besarla en los labios.

Quería lujuria, fuego, pasión, y sabía que todas esas cosas estaban ahí, bajo la superficie. Los labios de Tristanne sabían a lluvia y a algo más, a algo dulce, y parecía que nunca se fuera a saciar de ella. Tomó su rostro entre ambas manos y la besó una y otra vez hasta que a ambos empezó a faltarles el aliento.

Sin comprender muy bien por qué, Nikos la estrechó entre sus brazos, apoyando la barbilla sobre su cabeza. Sabía que era un error dejarse confundir por la atracción que sentía hacia ella, pero permaneció inmóvil.

—No te comprendo —dijo ella en un susurro.

Nikos cerró los ojos. ¿Acaso había olvidado por qué estaba consintiendo aquella pantomima?, ¿que Tristanne no era más que un medio para obtener su venganza?, se reprendió. Y, aun así, no la apartó de él.

–Yo tampoco –murmuró.

Y permaneció allí de pie durante un buen rato, abrazado a ella en contra de su criterio.

Cuando se miró al espejo y se vio puesto el vestido, se apagaron al instante los rescoldos de lástima y confusión que Tristanne albergaba aún después de aquel encuentro bajo el pórtico con Nikos, y los apasionados besos que habían compartido.

–Te he comprado algo para que te lo pongas en la fiesta de esta noche –le había dicho él cuando entraron en el apartamento. Su tono frío y distante debería haberla puesto sobre alerta, pero lo había ignorado–. Te lo dejaré sobre la cama, para cuando termines de ducharte.

–¿Una fiesta? –había repetido ella contrariada.

–Es un evento de poca monta –le había contestado él encogiéndose de hombros.

Tristanne no había vuelto a pensar en ello, pero después de haberse secado y alisado el cabello y de haberse maquillado, se había enfundado el vestido, y al mirarse en el espejo casi le dio un infarto.

Se puso tan roja que sus mejillas casi rivalizaban con el color escarlata del vestido que apenas la cubría. ¿No esperaría de verdad que fuese vestida así a esa fiesta? ¡No podía ir vestida así!

Intentó inspirar para calmarse, pero de su garganta escapó un sonido parecido a un sollozo. Cerró los ojos con fuerza y apretó los puños. Luego, muy despacio, abrió los ojos y se obligó a relajar también las manos.

Aquel vestido era obsceno. No había otra palabra

para describirlo. Se le pegaba al cuerpo como si fuese pintura, y no dejaba nada a la imaginación. Además, era tan corto que, si intentaba subírselo un poco para que le cubriera un poco más el pecho, el dobladillo se le quedaba a una altura escandalosa, muy por encima de la mitad del muslo; y si se lo bajaba, corría el riesgo de que se le saliesen los pechos del minúsculo cuerpo del vestido.

Y no sólo eso; también había tenido que quitarse la ropa interior para no llamar más la atención, porque se le marcaban claramente a través del ajustado vestido. Sólo había un tipo de mujer que se vistiese así, pensó Tristanne. ¿Era ése el objetivo de Nikos? ¿Quería hacerla sentirse como una prostituta? ¿Acaso disfrutaba imaginándola paseándose de esa guisa en la fiesta, vestida de esa manera tan escandalosa?

Claro que quizá, pensó conteniendo las lágrimas de ira que inundaron sus ojos, negándose a derramarlas, quizá estaba equivocándose de parte a parte. Tal vez no pretendiera humillarla; tal vez era así como le gustase que se vistiesen sus amantes. Tal vez quería que todo el mundo supiera, con sólo verla, que era su amante. No tenía por qué tratarse de algo personal; no tenía que tomárselo como un intento de hacerle daño.

Miró el reloj y vio que ya había malgastado mucho tiempo y que iba a retrasarse otra vez. Se mordió el labio y volvió a mirarse al espejo. Sabía que no podía hacer otra cosa más que hacer de tripas corazón.

Sólo tendría que seguir obedeciéndole unos días más. Por lo que su madre le había dicho cuando habían hablado por teléfono, parecía que Peter ya estaba un poco más calmado y de mejor humor, lo cual le daba esperanzas de que su plan estuviera funcionando y de que pronto pudiese poner fin a aquella charada.

No estaba segura de cuánto tiempo más podría soportarlo.

Cerró los ojos un momento e inspiró profundamente. Luego volvió a abrirlos, se giró sobre los talones, y se obligó a salir de la habitación antes de que pudiera cambiar de idea.

Encontró a Nikos en el salón, con un vaso de whisky en la mano, mirando la grandiosa cúpula de Santa Maria del Fiore por el ventanal. Se giró lentamente hacia ella, y Tristanne se detuvo en mitad del salón para que pudiera mirarla bien.

—¿Era esto lo que tenías en mente? —le preguntó. Se notaba un nudo en la garganta por las emociones que estaba luchando por contener mientras trataba de fingir que no tenía sentimientos, que era fría como el hielo.

La mirada ardiente de Nikos recorrió su figura de arriba abajo, y Tristanne sintió que los pezones se le contraían y que se le erizaba el vello de los brazos. Era como si estuviesen conectados por un cable invisible que la hiciese reaccionar contra su voluntad.

—¿Te complace lo que ves? —inquirió Tristanne—. ¿No es eso lo que preguntaría una amante?

—Si no lo hacen, deberían —le respondió él en ese tono aterciopelado y peligroso que hacía que le flaquearan las rodillas—. Y debo felicitarte.

Sus labios esbozaron una sonrisa burlona, y Tristanne se preparó para recibir una pulla. Sin embargo, en vez de eso se acercó a ella con un brillo posesivo en esos ojos de oro bruñido, y Tristanne sintió que su sexo palpitaba de excitación y que se le secaba la boca. ¡Qué no daría por poder detestarlo! O al menos, por no desearlo como lo deseaba.

Nikos alargó el brazo y la tomó de la mano sin

apartar sus ojos de ella. El pulso de Tristanne se disparó, y él se llevó su mano a los labios para besarla.

–Aunque te ha costado, has cumplido con creces mis expectativas –murmuró–. Me atrevería a decir incluso que las has superado.

Pero Tristanne no estaba escuchándolo; había oído en su mente un ruido ominoso, el golpe metálico de una jaula al cerrarse, unas palabras susurradas que no quería aceptar. Y no tenía nada que ver con su madre, ni con las razones por las que estaba allí. «Nunca escaparás de este hombre», le dijo aquella voz, y Tristanne sintió que se le hacía un nudo en la garganta porque una parte de ella sabía que era la verdad. «Nunca volverás a ser libre».

Capítulo 8

LA FIESTA a la que Nikos la llevó aquella noche no era una fiesta de poca monta como había dicho, sino un importante evento que contaba con invitados de renombre, y que se celebraba en el Palacio Pitti, un enorme edificio renacentista que siglos atrás había sido el hogar de los Medici, no lejos del Ponte Vecchio, en la ribera sur del Arno.

Nikos la ayudó a bajar del coche entre los flashes de las cámaras, y Tristanne no tuvo más remedio que sonreír a los fotógrafos mientras caminaba agarrada a su brazo, y fingir que estaba encantada de estar allí con él y de que la exhibiera como a un trofeo con aquel ridículo vestido. No podía hacer otra cosa más que intentar llevarlo con dignidad, así que mantuvo la cabeza bien alta mientras caminaba y no dejó de sonreír.

Nikos la condujo a un patio abierto bajo el cielo estrellado. Las nubes de lluvia se habían alejado, y hacía una noche agradable. Los invitados, aristócratas, hombres de negocios y famosos del mundo del espectáculo, departían en pequeños grupos con una copa en la mano, y a ambos lados del patio había mesas alargadas cubiertas con manteles blancos repletas de exquisitos aperitivos.

—¿Te apetece una copa? —le preguntó Nikos.

—Me encantaría, gracias.

Tristanne lo siguió con la mirada mientras se alejaba entre la gente, admirando lo bien que le sentaba el traje oscuro que llevaba. Había algo que lo hacía destacar sobre otros hombres: la energía que parecía transpirar por todos los poros de su cuerpo, su forma de moverse, como un depredador.

–Ah, Tristanne...

Al oír aquella voz burlona y detestable detrás de sí, Tristanne se puso tensa. Peter...

–Veo que al fin has aceptado lo que eres –dijo su hermano cuando se volvió hacia él. Sus ojos brillaban con malevolencia.

–Hola, Peter. Qué sorpresa tan agradable –respondió con una calma que no sentía y una sonrisa forzada.

La marca que sus dedos le habían dejado en el brazo casi se había borrado por completo, pero la frustración y la ira que había sentido permanecían.

–Estaba preguntándome qué clase de mujerzuela se pasearía por el Palacio Pitti vestida como una puta barata –le dijo Peter al oído, inclinándose hacia ella–. Debería haber imaginado que eras tú.

–¿No te gusta mi vestido? –le preguntó ella enarcando las cejas. No se permitió ninguna otra expresión facial que pudiese delatar que se le había revuelto el estómago al oír su voz, que tenía el pulso acelerado por el miedo–. Fue Nikos quien lo escogió. ¿Habrías preferido que le llevara la contraria y discutiera con él por algo tan nimio como un vestido?

Peter le dirigió una mirada furibunda; gélida.

–No puedo negar que te has superado, querida hermana –dijo al cabo de un rato, con una sonrisa cargada de sarcasmo–. Daba por hecho que Katrakis tomaría lo que le ofreciste de un modo tan descarado y se desharía de ti –la miró largamente de arriba abajo, haciendo que Tristanne se muriera de vergüenza, pero en vez de dejarlo traslucir, se irguió y alzó la barbilla–. Pero no, aquí estás con él, vestida como una furcia para darle gusto. Y tengo que reconocer que la otra noche me sorprendiste. No imaginaba que fueras a ser capaz de mostrar tanta iniciativa e inventiva para metértelo en el bolsillo.

Tristanne sabía que debería sentirse triunfante. Peter creía que se había convertido, a todos los efectos, en la amante de Nikos; su plan estaba funcionando. ¿Por qué entonces se sentía tan vacía?

–Quiero mi fondo fiduciario –le dijo sin rodeos–. ¿No es esto lo que querías? Imagino que Nikos Katrakis es lo suficientemente rico e influyente, ¿no? Al entrar me han debido sacar unas cincuenta fotos con él.

Ésas eran las condiciones que le había expuesto la noche anterior a la fiesta en el yate de Nikos, que debía convertirse en la amante de un hombre lo bastante rico e influyente como para que los medios se hicieran eco de ello y sus inversores creyeran que contaba con un firme respaldo financiero. Y por cómo le había gritado después de la fiesta, era evidente que había estado convencido de que sólo conseguiría ponerse en ridículo al haberse ofrecido a Nikos como amante y que echaría su plan a perder. Pero se había equivocado.

–Pero deberías tener cuidado y no confiarte –añadió Peter con los ojos entornados–. ¿Has averiguado ya cuáles son sus intenciones? –cuando ella no respondió, se rió de un modo cruel–. Imagino que no habrás creído que un hombre como Katrakis puede encontrarte tan cautivadora como para haber aceptado tu proposición sólo por el sexo. Tal vez quiera aprovecharse de nuestro apellido –elucubró en voz alta.

Apretó los labios y sacudió la cabeza–. Logró salir de las cloacas, pero aún lleva encima su pestazo.

Tristanne habría querido abofetearle por eso, pero no se atrevió. «¡Piensa en tu madre», se recordó. Había demasiado en juego. Además, Nikos no la necesitaba para defenderse de Peter. No entendía de dónde había salido ese impulso de defenderlo, ni por qué permanecía, manteniéndola en tensión.

–No ha compartido conmigo los motivos ocultos que pueda tener –le contestó a Peter de mala gana–; igual que no le he hablado a él de los tuyos.

–Tendrás que mantenerlo contento durante al menos un par de semanas –masculló él paseando la vista por la muchedumbre que los rodeaba, como si estuviese buscando más gente importante–. Tal vez un mes.

–¿Un mes? –repitió Tristanne. Tuvo que hacer un esfuerzo para controlar el pánico y la ira que se apoderaron de ella–. No seas absurdo, Peter. Esto ya ha durado demasiado. Con todas las fotos que nos han hecho esta noche debería bastarte.

–Eso lo decidiré yo, Tristanne, gracias –le espetó él. Entornó los ojos y esbozó una sonrisa maliciosa–. ¿O es que temes no tener lo necesario para mantener el interés de Katrakis?

–Quiero mi fondo –repitió ella con aspereza.

–Lo tendrás dentro de un mes –le dijo Peter inflexible–. Pero si te hace sentir mejor, yo diría que deberías estar contenta: es evidente que has encontrado el trabajo de tu vida –concluyó riéndose de un modo desagradable.

«Cree que no soy más que una furcia», pensó Tristanne. Sin embargo, aquel pensamiento no le causó la indignación que le habría causado otras veces. Ni siquiera le importaba.

–La semana que viene quiero ver los papeles para aprobar el traspaso del dinero –le dijo mirándolo a los ojos, decidida a no parecer asustada ni intimidada por él–. ¿Está claro? ¿Nos entendemos?

–Te entiendo mucho mejor de lo que crees, hermana –le contestó Peter, casi escupiendo esa última palabra, como si fuese un insulto, como la bofetada que sin duda habría querido darle. Pero Tristanne no se arredró. Ni siquiera cuando volvió a sonreírle como una víbora–. Tantos años jactándote de tus principios y de tu honor, y resulta que todo este tiempo no has sido mucho mejor que una puta; sólo estabas esperando a alguien que te ofreciera el precio adecuado –se quedó callado un instante, dejando que sus insultos penetraran, y su desagradable sonrisa se hizo aún más sádica–. Igual que tu madre.

Tristanne sabía que cada palabra estaba cuidadosamente escogida para herirla. Creía que al insultar a su madre conseguiría sacarla de sus casillas, pero preferiría morir antes que darle esa satisfacción. En vez de eso se contuvo, decidida a no reaccionar.

–La semana que viene, Peter –le repitió entre dientes–. O puedes decirle adiós a tu plan.

Él entornó los ojos, y cuando el brillo malevolente se reavivó en ellos, Tristanne se preparó para un nuevo ataque.

Sin embargo, en vez de eso notó que su cuerpo se regocijaba al sentir un calor repentino a su lado, y supo sin volverse que Nikos había regresado. ¿Era absurdo por su parte que tuviera la sensación de que la había salvado, simplemente por haber aparecido a su lado? «Sí, es una tontería», se respondió a sí misma.

Pero aun así no pudo evitar sentirse aliviada. De pronto la asaltó un impulso descabellado de apretarse contra su pecho, como si de verdad fueran amantes, como si él fuera a protegerla realmente, pero se contuvo.

—Katrakis —lo saludó Peter con un asentimiento de cabeza, sin poder disimular su antipatía hacia él.

Nikos esbozó una sonrisa lobuna, peligrosa.

—Barbery —lo saludó a su vez, enarcando las cejas, como divertido.

Los ojos de Peter se oscurecieron; no le gustaba que se burlaran de él.

—Cuando mi hermana me dijo que iba a pasar unos días navegando con destino a Grecia no imaginé que se refería a ti —dijo.

Tristanne tuvo que hacer un esfuerzo para no poner los ojos en blanco. Como si acaso hubiera algún otro Nikos Katrakis. ¿A qué estaba jugando? Como tantas otras veces, se preguntó por qué su hermano odiaba tanto a Nikos cuando éste era la clase de hombre cuyas simpatías, en otras circunstancias, se habría querido granjear.

—¿Qué puede querer un Katrakis de una Barbery?, me pregunté —continuó Peter.

—No creo que eso pueda ser un misterio para ti —respondió Nikos sonriéndole con sorna—. Pero si aún no te lo imaginas, invítame a una copa un día de éstos y te lo aclararé.

—Ya. Bueno, creo que deberías saber que por lo general mi hermana no es tan encantadora como pueda parecer —añadió Peter, como si estuviera hablando de una yegua temperamental o de un perro desobediente.

—Debe de ser por eso que el otro día perdiste la cabeza y le pusiste la mano encima —respondió Nikos en un tono amenazante y brusco, como el restallido de un látigo. Sus ojos echaban chispas.

Nikos estaba aprendiendo a leer en el rostro de Tristanne, y aunque en ese momento su expresión facial permanecía distante, la notaba tensa. Hasta ese momento apenas lo había mirado; sus ojos estaban fijos en los de su hermano, en los que se advertía un brillo de satisfacción perversa. ¿Satisfacción por qué?, se preguntó.

Nikos había esperado encontrar allí a Peter. Después de todo, aquél era el motivo por el que habían ido a Florencia, aunque no se lo había dicho a Tristanne, naturalmente. Lo que no se habría esperado nunca era la descarga de ira que le había subido desde el estómago al verlo allí con Tristanne.

Esa ira lo había sorprendido, pero se había dicho que sólo se debía a lo mucho que lo detestaba, que no tenía nada que ver con el impulso protector que sentía hacia Tristanne. Un impulso al que no cedería a menos que pudiese ayudarlo de algún modo en su venganza contra aquella sabandija.

—Claro que ahora que ya has pasado algún tiempo con ella imagino que no hace falta que te diga lo difícil que es mantenerla a raya —añadió Peter encogiéndose de hombros.

A Nikos le entraron ganas de despedazarlo. Una vez más se dijo que se habría sentido así hubiera dicho lo que hubiera dicho, pero sabía que no era cierto. Sabía perfectamente por qué quería agarrarlo por el gaznate y romperle el cuello.

—No, no me resulta difícil en absoluto —respondió con fingida calma.

–Pues será que tienes alguna habilidad de la que yo carezco –dijo Peter desdeñoso–. A nuestro padre la agotaba de tal modo que hace años que se desentendió de ella.

–Por si te has olvidado, estoy aquí –intervino Tristanne. Sus ojos castaños relampagueaban–, y me estoy enterando de todo.

A los labios de Peter asomó una sonrisita de suficiencia, pero la ignoró, y se dirigió de nuevo a Nikos.

–O puede que tu concepto de «mantenerla a raya» difiera del mío –le dijo–. Es una insolente; un defecto que sin duda ha heredado de su madre.

–Mi madre puede que sea muchas cosas, pero insolente no es una de ellas –le reconvino Tristanne con una capacidad de autocontrol que admiró a Nikos–. Venga, Peter –añadió con una sonrisa forzada–, ¿tenemos que airear los trapos sucios de la familia en público? Estoy segura de que escuchar todo esto debe de estar aburriendo a Nikos soberanamente.

–Claro, claro. Y por supuesto tú debes mantenerlo contento –murmuró Peter con esa voz empalagosa que Nikos detestaba.

Nikos notó que Tristanne volvía a tensarse, como si se muriera de ganas por lanzarse sobre su hermano y machacarlo a puñetazos. O quizá sólo estuviese proyectando en ella lo que él mismo quería hacer. En cualquier caso aquella conversación ya había cumplido su propósito, y Nikos no quería malgastar más tiempo del estrictamente necesario con Peter Barbery.

–Si nos disculpas, hay unas cuantas personas a las que quiero saludar –le dijo abruptamente, con una arrogancia que sabía que enfurecería a Peter.

–Cómo no –respondió Peter con aspereza, asintiendo brevemente con la cabeza.

Miró a su hermana, que le dirigió una sonrisa vacía, y se alejó entre la gente sin volver la vista atrás.

Cediendo a un impulso que no comprendía muy bien y que no quería admitir, Nikos rodeó los hombros desnudos de Tristanne con el brazo y la atrajo hacia su pecho.

Ella alzó la vista, y Nikos pudo ver en ellos la agitación que sin duda aún sentía por dentro.

Le tendió la copa que había ido a buscar para ella. Iba a haber pedido una para él también, pero había sido en ese momento cuando había visto a Peter, y se había dirigido allí de inmediato.

Cuando Tristanne tomó la copa vio que le temblaba ligeramente la mano. Era el único signo visible de cómo la había afectado aquel desagradable encuentro.

–Tu hermano y tú no os lleváis muy bien –observó en un tono quedo. Sabía que decir eso era decir poco, y Tristanne, que debió de pensar eso mismo, esbozó una leve sonrisa.

–En nuestra familia las emociones siempre se consideraron algo peligroso –respondió–. Ay de aquél que mostrara sus emociones, fueran cuales fueran las circunstancias. Nuestro padre esperaba que mi hermano y yo nos comportáramos como pequeños autómatas, que sonriéramos cuando debíamos sonreír, y que le obedeciésemos sin rechistar –le explicó. Se apartó de él, y añadió–: La verdad es que no creo que Peter se lleve bien con nadie, pero aunque así fuera tampoco lo dejaría entrever –añadió, mirando hacia otro lado antes de tomar un sorbo de su copa.

Nikos la había dejado ir de mala gana, y también se resintió cuando Tristanne apartó la vista. Quería que lo mirara, aunque no comprendía por qué. No lograba entender qué le estaba pasando. Todo iba tal y como había planeado, excepto el extraño momento bajo el pórtico de aquella tarde: estaba acompañado por la hermana de su enemigo en una concurrida fiesta y todo el mundo daría por hecho que había algo entre ellos.

Sabía que todos estarían haciendo especulaciones. Lo que había ocurrido entre su familia y los Barbery era de dominio público. Cuando llegara el momento de deshacerse de Tristanne, como Peter Barbery había hecho con su hermana Althea hacía años, se aseguraría de que fuera más vergonzante y aún más notorio.

El único problema era que aquella noche no parecía poder concentrarse en otra cosa que no fuera aquel condenado vestido que le había comprado a Tristanne. Abrazaba de un modo delicioso sus curvas, como desafiando a los hombres que pasaban a su lado a mirar a cualquier otra mujer en la fiesta. Él desde luego no podía apartar sus ojos de ella.

Destacaba entre la multitud como una llama que ansiaba tocar a riesgo de quemarse. No parecía una prostituta barata, como había pretendido, en castigo a su obstinación. Lo cierto era que había estado seguro de que se negaría en redondo a ponérselo.

Sin embargo, no había sido así, y le había vencido con sus propias armas. Aquel vestido era puro sexo, pero ella le daba un aire casi aristocrático. Tal vez fuera por la serena sonrisa que adornaba sus labios, como si nunca se hubiera sentido tan cómoda, y él no podía ocultar el hecho de que preferiría estar a solas con ella, entre sus piernas, en vez de en aquella fiesta. Estaba seguro de que todo el mundo podía ver ese deseo escrito en su rostro, y no le importaba.

—Estás mirándome —dijo ella al cabo de un rato.

Una tremenda tensión sexual vibraba entre ellos, y

Nikos supo en ese mismo instante que no podía esperar más. Tenía que hacerla suya.

–Estás deslumbrante –le respondió en un murmullo–. Pero estoy seguro de que eso ya lo sabías.

–Eres tú quien compró este vestido –dijo ella, mirándolo al fin. Sus ojos castaños parecían cremoso chocolate derretido, una tentación que Nikos ya no podía resistir más–. Yo sólo lo llevo puesto.

–Es el modo en que lo llevas –respondió Nikos. Estaba a sólo un paso de ella pero no se atrevía a tocarla, como le estaba pidiendo cada célula de su cuerpo. No allí, no en público, donde antes o después tendría que parar–. Y ahora mismo lo que querría es arrancártelo; con los dientes.

Capítulo 9

EL TRAYECTO de regreso al apartamento lo hicieron en medio de un silencio cargado de tensión sexual.

No había accedido a nada, se recordó Tristanne. Sólo lo había mirado y había visto aquel fuego adictivo en sus ojos, y él no había dicho otra palabra. La había conducido fuera del patio del Palacio Pitti, le había pedido a uno de los aparcacoches que trajera su vehículo, y la había ayudado a subir a él con una caballerosidad que chocaba con el deseo descarnado en su mirada.

Antes de que pudiera ser consciente de ello ya estaban de regreso en el inmenso apartamento, y Tristanne se encontró atrapada entre la épica magnificencia de la vista del Duomo iluminado y del chasquido de la puerta que Nikos cerró tras de sí antes de echar el cerrojo.

De pronto el enorme espacio pareció contraerse, y Tristanne notó en la garganta, en las sienes y en el pecho cómo se aceleraban los latidos de su corazón. Quería huir, salir de allí y alejarse corriendo por las antiguas calles empedradas, correr y correr, como si eso fuera a hacer que aquellas sensaciones desaparecieran, como si pudiera, de algún manera, dejarlas atrás.

Sin embargo, a pesar del pánico que se había apoderado de ella y del modo en que estaba martilleándole el corazón, no se movió. No podía moverse. No quería moverse.

«Igual que un dragón...», pensó para sus adentros, sin poder apartar la vista de los ojos dorados de Nikos, y supo con certeza que estaba a punto de ver su auténtico fuego, el fuego que había estado evitando desde el momento en que se habían conocido.

Nikos estaba a unos pasos de ella, con esa media sonrisa suya en los labios. Sus ojos estaban cargados de sensuales promesas que la estaban haciendo sentir temblorosa y embriagada por dentro.

–Ven aquí –la llamó, con una voz seductora, que Tristanne sintió en la piel, como una caricia.

–No creo que sea una buena idea –respondió. No había pretendido decir eso... ¿o sí? Lo único que sabía era que no podía permitir que ocurriera aquello, que no podía rendirse a aquel hombre. No podía. Y no sólo por los motivos ocultos que tenía. Carraspeó ligeramente–. De hecho, me parece que me quedaré aquí.

La sonrisa de él se hizo más amplia y se tornó peligrosa, haciendo que se le endurecieran los pezones, otro signo más de hasta qué punto la controlaba el deseo que sentía hacia él.

–Debí imaginarlo –murmuró Nikos. No parecía enfadado; ni siquiera particularmente tenso. La miró de arriba abajo, y una ráfaga de calor se extendió por todo su cuerpo. Cuando sus ojos se encontraron de nuevo, casi parecía relajado. Casi–. ¿Por qué será que no me sorprende?

–Nikos, me prometiste... –comenzó a decir Tristanne, pero perdió el hilo de lo que iba a decir cuando él comenzó a avanzar hacia ella.

Nikos se quitó la chaqueta y la arrojó hacia el sofá

que había pegado a la pared. Sin apartar los ojos de ella, se quitó los gemelos y los dejó caer sobre la mesita del café. Tristanne no podía respirar, no podía moverse.

—No —dijo Nikos, deteniéndose a escasos centímetros de ella. Su voz era tan suave, su mirada tan ardiente...—. No te prometí nada, Tristanne.

—Pues claro que lo hiciste —lo contradijo ella desesperada, frunciendo el ceño—. Y aunque no lo hubieras hecho, ¿qué más da? ¿Imagino que el gran Nikos Katrakis no lleva a una mujer a su cama contra su voluntad?

—¿Ves a alguna mujer que responda a esa descripción en este apartamento? —le preguntó él. Tristanne no podía apartar la vista de sus ojos de oro fundido—. A lo mejor también ves unicornios.

—¿Qué pasa?, ¿eres incapaz de creer que una mujer sea capaz de rechazarte? —le espetó ella. La cabeza le daba vueltas; se notaba el pecho tirante.

Nikos esbozó una sonrisa, una sonrisa de verdad que hizo que su sexo palpitara de deseo. Era esa respuesta instintiva de su cuerpo que parecía no poder controlar por mucho que lo intentara.

—A mí me parece que serías incapaz de rechazarme, Tristanne —le dijo él en un tono quedo, pero seguro de sí mismo—. Demuéstrame que me equivoco... si puedes.

Comenzó a desabrocharse la camisa, evocando en su imaginación a un dios de la mitología griega, todo arrogancia masculina y poder. Tristanne tragó saliva mientras sus ojos, como si tuvieran vida propia, descendieron por la extensión aceitunada de su pecho, salpicada de vello negro.

De pronto no podía recordar sus argumentos, sus

estrategias. Lo único que quería era tocar su torso musculoso.

–No sé qué estás haciendo –acertó a decir, de algún modo–. Tu exhibicionismo no va a hacerme cambiar de idea. Ya te dije en el yate que...

–Ahora no estamos en el yate –la interrumpió él divertido, con una intención fiera e inconfundible en su mirada.

Se quitó la camisa y la dejó caer al suelo. Ya nada ocultaba la belleza de su torso, duro acero cubierto de satén. Era lo más hermoso que Tristanne había visto, y estaba temblando por el esfuerzo que estaba haciendo por contenerse para no alargar las manos y tocarlo cuando lo tenía tan cerca. Tan, tan cerca... Apretó los puños, clavándose las uñas en la carne.

–Nikos... –le suplicó en un susurro, y en ese instante supo que estaba perdida.

Lo único que le quedaba eran sus bravatas, su obstinación a luchar contra lo inevitable.

–Ya te lo dije, Tristanne –le repitió él, con esa voz aterciopelada y ronca que hacía palpitar la parte más íntima de su cuerpo, por mucho que se negara a reconocerlo–. Cuando lleguemos a la línea que no quieres traspasar, no tienes más que decírmelo.

Tristanne sabía que debía decirlo en ese momento, tenía que hacerlo.

–Nikos... –musitó desesperada en un hilo de voz.

El fuego en los ojos dorados de él se avivó, y sus labios se arquearon en una sonrisa triunfal.

–Ésa no es la palabra que debes decir –murmuró, con una nota de satisfacción coloreando su voz.

Pero Tristanne no lograba decirlo. No podía.

Nikos alargó el brazo y le acarició la mejilla. La palma de su mano era demasiado cálida, sus dedos demasiado hábiles, y ella se notaba la piel demasiado sensible, como si la tuviera en carne viva. Sin poder evitarlo, en vez de apartarse, se inclinó hacia él.

–Dime que pare –la instó Nikos.

Sus ojos se habían oscurecido con una pasión que vibraba dentro de ella como electricidad.

Cediendo a un impulso tan intenso que casi le causaba dolor, Tristanne extendió los brazos y puso las palmas de las manos en el pecho de Nikos. El calor de su cuerpo se transmitió por sus brazos, abriéndose camino hasta sus senos y su palpitante sexo. Nikos aspiró entre dientes.

–Dime que pare –la instó de nuevo, desafiándola, y entonces, sin previo aviso, la atrajo hacia sí y tomó su boca.

La magia de sus labios la hizo olvidarse de todo. Nikos estaba besándola como si los dos fueran a morir si parase, y ella le respondía con la misma intensidad. Saboreó la cálida y bronceada piel de su fuerte cuello, y dejó que sus manos recorrieran la magnífica obra arquitectónica que era su duro y tonificado abdomen.

Las manos de él se enredaron en su cabello, sosteniéndole la cabeza para poder besarla a placer, deteniéndose sólo para susurrarle palabras en griego que ella no comprendía, pero que la excitaban.

De pronto le pareció que la habitación se tambaleaba, y sólo cuando su espalda se apoyó en algo blando se dio cuenta de que la había alzado en volandas y la había tumbado en el sofá. Se tendió sobre ella.

«Por fin», pensó Tristanne cuando su cuerpo se apretó contra el de ella. La sensación de aquel contacto fue abrumadora, pero no era suficiente, y no podía dejar de tocarlo.

–¿Vas a decírmelo? –la pinchó Nikos de nuevo,

mientras su tórax le aplastaba los pechos con una deliciosa presión. Su erección también la apretaba entre los muslos, y Tristanne emitió un gemido extasiado al tiempo que una especie de sensual terror se apoderaba de ella–. ¿No vas a decirme que pare?

Pero Tristanne no dijo nada, sino que movió las caderas en círculo, lentamente. Para su satisfacción, ella también logró arrancar de él un gemido, y notó como su miembro se ponía aún más duro... si es que eso era posible.

Nikos farfulló algo ininteligible y tomó sus labios de nuevo con un beso insistente, apasionado.

Tristanne le respondió con idéntico frenesí, y las manos de Nikos se deslizaron por los costados del escandaloso vestido, trazando las curvas que había permitido que vieran todos los invitados a la fiesta.

Despegó sus labios de los de ella y trazó un sendero ardiente con ellos hasta sus senos, besándolos a través de la tela. Tristanne se arqueó al sentir el calor húmedo de su boca, jadeante, mientras un temblor exquisito reptaba por su cuerpo, desde su sexo hasta los dedos de sus pies.

Los ojos de Nikos, oscurecidos por el deseo, buscaron los suyos, y le levantó el vestido elástico hasta la cintura antes de desabrocharse los pantalones. Luego, como si hubiesen hecho aquello antes un sinfín de veces, Tristanne lo rodeó con sus piernas y levantó las caderas, impaciente. Nikos le asió un muslo con su fuerte mano, y la penetró con una certera embestida, haciéndola gritar de placer.

–Dime que pare, Tristanne –le susurró él con voz ronca, desafiándola de nuevo.

–¡Para! –explotó ella, sorprendiéndolos a ambos. Nikos se quedó quieto al instante–. De hablar –pun-

tualizó ella entre dientes, apretando los puños contra
su ancha espalda–. ¡Para ya de hablar!

El largo y duro miembro de Nikos estaba tan dentro de ella que no habría podido decir dónde acababa
ella y empezaba él. Los ojos de Nikos escrutaron los
suyos, y Tristanne tuvo miedo de que pudiera ver en
su interior, pero entonces, comenzó a mover las caderas.

Los pliegues internos de Tristanne lo abrazaban es-
trechamente, ajustándose a él como un guante. Era
como una bendición.

Casi no podía soportar aquella sensación, su dulce
aroma, sus gemidos. Se echó hacia atrás para poder
mirarla.

Una pasión salvaje se había apoderado de Tristanne. Sus ojos se habían oscurecido de deseo, y tenía
los labios entreabiertos y el cabello revuelto. Un leve
rubor coloreaba su piel, y el vestido escarlata la envolvía como si fuese un bombo. Sus caderas se mo-
vían bajo las suyas, ansiosas, como si nunca se fuese
a saciar de él.

«Mía...», susurró una voz dentro de Nikos, resonando con fuerza. La ignoró, y se concentró en aquellos dulces gemidos que escapaban de la garganta de
Tristanne, en sus pantorrillas, apretadas contra sus caderas, atrayéndolo hacia sí, urgiéndolo a que llegará
hasta lo más profundo de su ser.

Nikos se movía despacio, marcando deliberadamente un ritmo lento, sin prisas, que pronto hizo que
Tristanne empezara a jadear con una mezcla de deseo
y frustración. Sus caderas se arquearon para encontrarse
con las de él, intentando que se moviera más deprisa.

Nikos ignoró sus propias necesidades y también los ruegos mudos de ella y mantuvo el mismo ritmo: lento, regular, devastador.

Sintió que el fuego estaba empezando a prender en Tristanne, que se estremecía debajo de él. La vio cerrar los ojos y escuchó como su respiración se tornaba jadeante y más rápida, como sus gemidos se tornaban en súplicas desesperadas. Pero aun así esperó, manteniendo el mismo ritmo acompasado y el mismo control férreo sobre sí mismo.

Había tanta pasión en Tristanne, era tan fogosa... Era suya...

Cuando la cabeza de ella empezó a golpearse contra los cojines, se inclinó hacia la tentadora curva de sus senos, y comenzó a lamer la piel que el escote del vestido dejaba al descubierto. Sabía a nata con un ligero toque de melocotón, y se le subió a la cabeza como un buen whisky, haciendo que empezara a mover las caderas más deprisa, como un chico en su primera vez.

Le bajó el cuerpo del vestido, liberando sus pechos, y sin dejar de moverse se dispuso a explorarlos con los labios, con la lengua y con los dientes.

Tristanne jadeó. Nikos cerró sobre un pezón y succionó suave pero insistentemente, haciendo que ella gritara su nombre, y cuando ella se tambaleó al borde del precipicio del éxtasis, él la siguió.

Capítulo 10

NIKOS sabía que había cosas en las que debía pensar, estrategias que poner en marcha para llevar a cabo su venganza, pero con Tristanne debajo de él, tan cálida y tan suave, con los ojos cerrados y la respiración aún entrecortada, le era imposible pensar en ninguna de esas cosas.

Seguía dentro de ella, y quería hacerla suya de nuevo. Ya.

Se apartó un poco, y lo satisfizo ver que las piernas de Tristanne se apretaron en torno a él, como si fuera reacia a dejarlo marchar. Sus ojos castaños se abrieron, y vio que aún estaban nublados por la pasión. Parpadeó, como si no estuviera segura de que aquello no hubiera sido un sueño.

Nikos le apartó las piernas y se levantó para quitarse del todo los pantalones. Los ojos de Tristanne se oscurecieron, y se apoyó en los codos para incorporarse, mirándolo con cautela.

¿Tendría idea de la imagen lasciva que daba? Estaba despatarrada en el sofá, con el vestido escarlata arrugado alrededor de la cintura y los pechos y las piernas al aire. Por un instante estuvo tentado de decirle que en ese momento sí que parecía una verdadera amante. Dócil, seductora, viciosa.

En vez de eso la alzó en volandas como si no pesase nada. Tristanne emitió un gemido sorprendido, pero no dijo nada, sino que dejó caer la cabeza sobre su hombro.

Nikos la llevó hasta el dormitorio principal, y la depositó en el suelo. Aunque Tristanne estaba buscando sus ojos con los suyos, él rehuyó su mirada. Prefería deleitarse en la belleza de su cuerpo. Era como una obra de arte: piel cremosa de oro y pétalos de rosa, senos erguidos, redondeadas caderas y largas piernas.

Sin mediar palabra agarró el vestido arrugado en torno a su cintura y tiró de él hacia arriba para sacárselo por la cabeza. Luego lo arrojó a un lado, y sólo entonces la miró a la cara.

Tristanne se humedeció los labios con su delicada lengua, y aquel simple gesto volvió a excitarlo. Inclinó la cabeza y la besó. No podía pensar. Estaba ansioso por volver a estar dentro de ella, como si no acabara de hacerlo hacía unos momentos.

La atrajo hacia sí, apretando su miembro contra la suave piel de su vientre. Tristanne gimió y se estremeció antes de subir sus pequeñas manos a su pecho y Nikos vio que se le había puesto la carne de gallina.

–Nikos... –dijo en un susurro tembloroso.

–Shhh...

Nikos la besó en el cuello y dejó que sus manos recorrieran su seductora espalda hasta llegar al final de ésta. Apretó las palmas contra sus nalgas y sus dedos se deslizaron un poco más hasta encontrar el surco que se abría entre ambas. Tristanne ya estaba húmeda, y tan dispuesta como él.

La asió por las caderas y la levantó, haciendo que sus pechos se frotaran contra su tórax. Tristanne volvió a gemir sorprendida, pero se agarró con fuerza a sus hombros. Nikos deslizó las manos hasta su delicioso trasero para levantarla un poco más y la penetró con fuerza. Tristanne se puso tensa y profirió un largo e intenso gemido al tiempo que dejaba caer la cabeza contra el hueco de su cuello.

Nikos sintió el aliento de Tristanne sobre su piel, cálido y entrecortado, y los latidos de su corazón se volvieron más rápidos, más fuertes.

—Rodéame la cintura con las piernas —le ordenó.

Tristanne obedeció al instante, cruzando los tobillos sobre el hueco de su espalda. Era como si su cuerpo hubiese sido diseñado expresamente para encajar a la perfección con el suyo. La levantó despacio y la dejó caer de nuevo, haciéndolos estremecer a los dos cuando su duro miembro volvió a hundirse hasta el fondo dentro de ella.

Repitió la operación, y luego otra vez, y tras otra larga y lenta embestida Tristanne empezó a estremecerse, sollozando de placer contra su cuello. Nikos esperó a que dejase de temblar, y aún dentro de ella se arrodilló sobre la blanda alfombra a sus pies y la depositó sobre la espalda.

La respiración de Tristanne todavía era entrecortada, y cuando por fin logró abrir los ojos le llevó un buen rato enfocar la mirada. Nikos le sonrió.

—Mi turno —le dijo.

Estaba perdida sin remedio. Tristanne se aferró al cuerpo de Nikos cuando empezó a sacudir las caderas de nuevo. Los ojos de él estaban muy serios, y tenía el rostro contraído por la pasión.

Aquello no debería estar ocurriendo. No debería estar sintiendo lo que estaba sintiendo. No debería verse envuelta en una espiral de placer con la más leve caricia. O, cuando menos, debería intentar luchar contra ello, se dijo. Sin embargo, pronto se encontró con que ya no podía pensar en nada que no fuera él, como si en el mundo no existieran más que ellos dos y aquellas sensaciones que amenazaban con apoderarse de ella por completo.

Aquello no podía ser posible. ¿Cómo podía ser que cada embestida de Nikos fuese más abrumadora, más electrizante?

Nikos le susurró algo en griego que no comprendió, mientras le besaba el cuello y el cabello. Deslizó una mano entre ellos y presionó un dedo contra su clítoris, haciéndola retorcerse debajo de él. Poco después alcanzaba el orgasmo, seguida de él, que exhaló un grito bronco, áspero, antes de que el silencio cayese como una manta sobre ellos.

Nikos no la dejó descansar demasiado. Unos minutos después se levantó, y después de ayudarla a incorporarse la llevó al cuarto de baño y la hizo entrar con él en la amplia ducha, donde lavó cada centímetro de su piel con tanto mimo y cuidado como si fuera algo sumamente preciado para él.

«No, no es verdad», se recordó Tristanne. «Sólo una posesión. Es un hombre que cuida bien de sus posesiones».

Nikos guardó silencio mientras la lavaba, y siguió sin decir nada cuando la sacó de la ducha y la secó con el mismo mimo, con una toalla tan suave como una nube. Tristanne se sentía tremendamente vulnerable.

Cuando hubo terminado de secarla se secó él también, mucho más rápido y con movimientos enérgicos. Después arrojó la toalla al suelo y, tomándola de la mano, la condujo fuera, al dormitorio, y allí a la enorme cama.

Mientras yacía junto a Nikos, con la cabeza apoyada en su hombro, se preguntó si podría sobrevivir a aquello, si podría sobrevivir a aquel hombre.

Debería estar exhausta, pero las manos de Nikos comenzaron a acariciarle el cabello húmedo, y sintió que el deseo despertaba en ella de nuevo cuando, al inspirar, inhaló el seductor aroma de su cálida piel desnuda. Una ráfaga de calor, ya familiar, pero no por ello menos irresistible, se extendió por su cuerpo, haciendo que se notase las extremidades pesadas y la boca seca.

¿Cómo podía estar deseándolo otra vez cuando acababan de hacerlo, y no una, sino dos veces? Una especie de angustia se entremezcló con el ardor del deseo en su interior. ¿Qué clase de embrujo era aquél y cómo podría escapar de él? Ahora ya sabía lo que era consumirse en el fuego de aquel hombre. Antes sólo le había preocupado que podría destruirla; no había imaginado que podría llegar a desear con semejante fruición lo que podía acabar con ella con cada caricia y cada beso. Sabía que su recuerdo la perseguiría donde quiera que fuese durante el resto de sus días.

Quizá por eso giró la cabeza hacia él y cubrió su pecho con desesperados besos. Quizá por eso, cuando Nikos le rodeó el cuello con la mano y tomó sus labios, fue como rociar una llama con gasolina. No pudo hacer otra cosa más que rendirse ante el devastador remolino de deseo que la envolvió. Se frotó contra él ansiosa, incapaz de contenerse, y sin saber cómo se encontró sentada a horcajadas de él.

Un brillo sensual relumbró en los ojos de Nikos

cuando lo tomó dentro de sí. Tristanne sabía que aquello sería su perdición, pero empezó a moverse y cabalgó sobre él sin pensar en nada. No le importaba quemarse, no le importaba si acababa reducida a cenizas, justo como se había temido desde un principio.

Capítulo 11

SENTADA en un sillón de mimbre en el soleado patio que se asomaba a los acantilados de Cefalonia, salpicados de verdes pinos, Tristanne dejó que la brisa marina penetrara en sus pulmones, como si el aroma del resplandeciente mar Jónico, que chocaba contra las rocas allá abajo, pudiera calmar el torbellino de sentimientos encontrados en su interior.

El pueblo pesquero de Assos, donde se alzaba la villa del siglo XVI en el que se encontraban, el hogar de Nikos, era distinto del tópico de los pueblecitos blancos y azules de otras islas griegas más conocidas, más genuino y auténtico.

Nikos estaba sentado cerca de las puertas cristaleras por las que se salía al patio y estaba haciendo una de sus innumerables llamadas de negocios con el móvil. Sin embargo, aunque estuviera callado y no lo hubiera visto salir al patio hacía un rato, Tristanne habría sabido que estaba ahí sin necesidad de volverse. Era como si estuviese conectada con él de algún modo, por alguna especie de radiofrecuencia que sólo ella podía oír, y siempre lo sabía cuando estaba cerca de ella.

Nikos la había hecho suya, en cuerpo y alma. Durante esos días le había hecho el amor tan apasionadamente, la había hecho sentir tan viva, tan distinta, que a veces se preguntaba si cuando acabara aquello volvería a ser alguna vez la misma Tristanne de antes. Lo que más la asustaba era que no le importaba. Los días se habían convertido en semanas y la llama del deseo no se apagaba.

Habían navegado desde Italia hasta Grecia, deteniéndose donde se les había antojado: Sorrento, Palermo, Malta, la famosa isla de Ítaca, y finalmente habían llegado a Assos, en la isla de Cefalonia, su destino.

–Esta villa perteneció en un principio a mi abuelo –le había explicado Nikos el día que llegaron, mientras cenaban en una taberna del pueblo–. Pasó a mis manos tras la muerte de mi padre.

–Entonces... ¿nunca viniste aquí de niño? –le había preguntado ella.

Él le había lanzado una mirada cínica, y le había contestado:

–No, nunca vine de vacaciones, si es a lo que te refieres. Crecí en Atenas.

Tristanne había recordado entonces lo que le había contado de su infancia en un barrio pobre y se había sonrojado.

–Como me dijiste que considerabas Cefalonia como tu hogar, di por sentado que tenía alguna conexión con tu infancia –se había justificado.

–Es la única de las posesiones de mi padre que nunca visitaba mientras yo le conocí –le había explicado Nikos en un tono frío, desprovisto de emoción–. Supongo que por eso este lugar me ayuda a relajarme; porque no asocio ningún recuerdo de mi padre a él.

–¿Conociste a tu abuelo? –le había preguntado ella, tomando un sorbo del vino que habían pedido para acompañar un delicioso róbalo con salsa de limón.

–Apenas. Pero no era un hombre demasiado simpático. ¿Pero qué hombre que construye un imperio financiero lo es? –le había dicho Nikos–. Crió a su hijo para que fuera igual que él, o peor: su propia imagen magnificada . Ésas son mis raíces, de la que estoy tremendamente orgulloso –había añadido con una sonrisa sardónica.

Tristanne había ignorado su sarcasmo.

–Estés orgulloso o no, son tus raíces; siempre está bien conocer nuestras raíces.

–Sé exactamente de dónde vengo –había replicado él.

Había empleado el mismo tono amenazante que aquel día en la plazuela de Portofino, y Tristanne se había preguntado si habría tocado una fibra sensible, o si habría usado ese tono por no hacer lo que de verdad habría querido hacer: decirle unas cuantas cosas para ponerla en su sitio.

–De hecho –había añadido Nikos, sin prescindir del sarcasmo–, echando la vista atrás creo que incluso debería darle las gracias a mi padre por haber dejado a mi madre cuando sus encantos como amante empezaron a decaer. Al fin y al cabo, ¿qué le debía? El hecho de que la escogiera como amante era más de lo que ella pudiera haber soñado jamás. Sin duda ésa fue la razón por la que sucumbió a su adicción a los narcóticos y me dejó solo en este mundo. Claro que, como me dijo mi padre al cabo de muchos años, tras una prueba de ADN y después de demostrarle mi valía trabajando para él, las calles me habían endurecido tanto, que me habían convertido en un oponente formidable para otros empresarios.

–Por lo que dices parece que era un hombre bastante desagradable –había murmurado Tristanne.

–Era Demetrios Katrakis –había respondido él encogiéndose de hombros–. El poco amor que llevaba dentro de sí lo reservaba para su difunta esposa y la hija de ambos, no para su hijo bastardo, que había crecido en las cloacas de Atenas –había añadido entre dientes.

La expresión en su mirada había sido fiera, casi salvaje, pero Tristanne sabía que, si hubiera mostrado la más mínima compasión por él, Nikos jamás se lo habría perdonado.

Por eso, se había echado hacia atrás en su asiento, había tomado otro sorbo de vino, y había girado la cabeza hacia la ventana, como si el corazón no se le estuviera haciendo añicos de pensar en aquel chiquillo que había sido y que tanto había sufrido.

En los días siguientes Nikos no había vuelto a hablar de aquello; sólo le había hecho el amor con una intensidad tal que a veces, por las noches, mientras yacía junto a él, a Tristanne le preocupaba que acabase destruyéndolos a los dos. ¿Cómo podía nadie sobrevivir a tanto placer, verse envueltos en aquel fuego abrasador y no quedar reducido a cenizas?

Y así, en vez de dar voz a esos pensamientos y sentimientos en los que temía detenerse, incluso en el santuario de su mente, Tristanne volcó toda esa frustración en su cuaderno de dibujo. Retrató a Nikos en un centenar de poses, diciéndose que sólo veía en él un ejemplo de belleza masculina.

Una y otra vez trazaba con su lápiz el puente recto de su nariz, sus elevados pómulos, su arrogante mentón, sus carnosos labios...

–¿No te has cansado aún de dibujarme? –inquirió Nikos a sus espaldas, inclinándose sobre el respaldo de su sillón para mirar el dibujo que estaba retocando, mientras sus dedos peinaban distraídamente su cabello ondulado–. ¿Por qué no dibujas la playa, o los acantilados?

Tristanne no lo había oído poner fin a su conversación telefónica, pero lo había sentido acercándose aunque estaba descalzo y no se oían sus pisadas.

–Prefiero dibujar gente a dibujar paisajes; es un reto mucho mayor. Y tú eres la única persona a la que veo con asiduidad –contestó ella–. Podría pedirle a uno de los turistas que hay en el pueblo que posara para mí, pero no sé por qué, creo que a ti no te haría gracia.

–Crees bien –contestó él divertido, como si estuviera conteniendo una sonrisa.

–Pues por eso; no me queda más remedio que usarte de modelo –respondió Tristanne soltando el lápiz y girándose para mirarlo–. Es un imperativo artístico.

–Esta tarde tengo que ir a Atenas –le dijo Nikos, apartando una mano de su cabello para acariciar con el pulgar la línea de su mandíbula.

–¿Vas a llevarme contigo? –inquirió ella.

Ya empezaba a comportarse como una amante de verdad. Sabía qué preguntarle y cómo preguntárselo, sin esperar nada ni recriminarle nada. Su deber era estar disponible; siempre.

Se recordó que sólo estaba haciendo aquello para asegurarse de que Peter cumpliría con su parte del trato, que ya quedaba menos para que terminara el mes que su hermano había fijado de plazo.

No estaba convirtiéndose en lo que había sido su madre años atrás, se dijo con firmeza, una mujer mantenida por un hombre, un florero, un juguete. No lo era, no lo era.

–Sólo estaré fuera unas horas –le dijo Nikos. Disponía de un helicóptero privado para su uso personal, con lo que sus viajes a la capital eran casi un paseo para él–. Volveré esta misma noche.

–Te echaré de menos –le dijo ella, porque era lo que se suponía que una amante debía decir, a la vez que hacía un esfuerzo por mostrarse calmada, indiferente–. Por suerte tengo mis dibujos para recordarte, por si empiezo a olvidar qué aspecto tienes –añadió, dejando el cuaderno y el lápiz sobre la mesita que tenía al lado, para luego levantarse y volverse hacia él.

Nikos le rodeó la cintura con los brazos y la atrajo hacia sí. Tristanne sintió que el calor de sus manos se transmitía a todo su cuerpo, y cuando los ojos de Nikos escrutaron los suyos con una expresión extraña, un pánico repentino se apoderó de ella. ¿Lo sabía? ¿Había hecho algo que había delatado lo que sentía por él?

–Podrías ayudarme a hacer la maleta –murmuró él con voz sugerente.

Eso era lo único que podía haber entre ellos: pasión, sexo, pensó con tristeza.

–Por supuesto –respondió con una sonrisa complaciente–. No se me ocurre nada que me apetezca más.

Después de todo sabía que no podía decirle que lo amaba. No podía. No se atrevía siquiera a pensarlo, por temor a que las palabras fueran a escapar sin querer de sus labios.

Sólo podía amarlo con su cuerpo y con sus lápices, y únicamente podía rogar por que él nunca lo supiera.

Nikos iba de una sala a otra de la villa, y a cada paso que daba su irritación iba en aumento. No lograba encontrar a Tristanne por ninguna parte. No estaba tumbada en una pose sugerente en la cama de su dormitorio, vestida con provocadora ropa interior. No estaba dándose una ducha para tentarlo y hacer que se uniera a ella. No estaba en ninguno de los sitios en los que podía haber estado, en los que debía haber estado, y el hecho de que hubiera vuelto a toda prisa de Atenas para verla y no la encontrara por ninguna parte no hacía sino enfurecerlo aún más por sus deficiencias como amante.

Un hombre no debería tener que buscar a su amante; un hombre debería cruzar el umbral de su casa y encontrarla allí esperándolo, hermosa y envuelta en el aroma de un suave perfume, con una sonrisa en los labios y una bebida fría para él en la mano.

Al salir al patio se detuvo y miró el sol, que estaba hundiéndose en el horizonte, con el ceño fruncido. Lo que lo enfurecía aún más era la frecuencia con la que olvidaba que Tristanne no era su amante de verdad. Era peor que un adolescente, dejando que fuera su entrepierna la que rigiera sus actos y no su cerebro.

Había tenido que ser la reunión de trabajo de ese día con su equipo la que le había recordado cuáles eran sus prioridades y sus objetivos. Le habían confirmado, como era de esperar, que Peter Barbery estaba aprovechándose de la asociación que habían hecho los medios entre su hermana y él para usar el apellido Katrakis como moneda de cambio con un buen número de inversores. Según parecía el odio que le tenía no estaba impidiéndole fingir que eran como uña y carne. Lo cual significaba que todo estaba encajando, y que lo único que él tenía que hacer era doblar la apuesta para que cuando diese el golpe de gracia, Peter Barbery sufriese un buen descalabro en sus propias carnes, un golpe que le dejase cicatrices. Y sabía exactamente cómo hacerlo.

Justo en ese momento oyó un ruido, y cuando se volvió vio a Tristanne, emergiendo de entre los arbustos al borde del acantilado con su cuaderno de dibujo en la mano. Se había recogido el pelo en uno de esos moños que detestaba, llevaba unos vaqueros con los bajos remangados, una camisa que le quedaba grande, y unas sandalias.

–Mírate... –dijo sacudiendo la cabeza–. ¿Qué has estado haciendo?, ¿trepando por el acantilado?

–Por supuesto que no –replicó ella con la cabeza bien alta mientras se acercaba a él–. ¿No me dijiste esta mañana que preferirías que dibujara paisajes? Sólo estaba obedeciéndote. He estado dibujando rocas, árboles... Como tú me ordenaste.

El matiz sarcástico en su voz lo enfureció aún más, y el brillo altivo en su mirada lo provocó. Debería estar insinuándosele, comportándose como una amante. ¿Acaso no era ése el motivo por el que estaba allí? En cambio, desde el principio se había mostrado desafiante. Incluso en ese momento estaba haciéndolo, aunque no estaba seguro de que lo hiciera de un modo deliberado. Tenía la impresión de que era provocadora por naturaleza.

–Tú... –masculló ceñudo– debes de ser la peor amante de la historia desde que el mundo es mundo.

Capítulo 12

NIKOS no comprendía por qué el corazón le latía tan fuerte, y mucho menos por qué de repente sintió que estaba excitándose.

—Te pido disculpas —le dijo Tristanne, irguiendo los hombros y lanzándole dagas con la mirada—. No tenía ni idea de que era tan deficiente como amante.

—Pues ahora ya lo sabes —le espetó él mirándola de arriba abajo—. ¿Cómo llamarías a ese atuendo que llevas?

Tristanne se puso tensa y cerró la mano libre en un puño antes de metérsela en el bolsillo.

—Creo que las palabras que utilizaría para describirlo sería «ropa cómoda».

—El adjetivo «cómodo» no entra en el vocabulario de una amante —puntualizó Nikos sacudiendo la cabeza—. A menos que sea por que te preocupes por mi confort. Esperaba entrar en la casa y encontrarte engalanada para mí, un festín para mis ojos.

—¿Estás seguro de que estás hablando de una amante? —le preguntó Tristanne en el mismo tono calmado a la vez que irritante—. Porque a mí me suena más bien a un florero, o a un perro fiel.

—Eres respondona, rebelde... —fue enumerando Nikos, contando con los dedos— contradictoria... y la mayoría de las veces te pasas de lista. Y no, no te tomes eso último como un cumplido.

Una sombra que Nikos no supo interpretar cruzó por el rostro de Tristanne. ¿Le había hecho daño con sus palabras? No, eso no tenía sentido.

–Tendrás que disculpar mi ignorancia –le dijo. En sus ojos se estaba formando una tormenta, pero su voz permaneció calmada–. Creía que tus objeciones iniciales a mi concepto de «amante» se centraban únicamente en si estaría a la altura en la cama. Creo poder decir que sí, así que no veo cómo puede importarte nada más.

–Discutes conmigo ante la más leve provocación –continuó él, como si Tristanne no hubiese hablado. Se cruzó de brazos y le dijo–: ¿Acaso te parece que este comportamiento es el adecuado en una amante? No estás capacitada para desempeñar ese papel. Debería haber sabido que nunca funcionaría.

–¿Y eso por qué? –inquirió ella, con las mejillas ligeramente sonrosadas.

–Porque ninguna mujer se había ofrecido antes a convertirse en mi amante –respondió él–. ¿Por qué habrían de hacerlo? O lo son, o no lo son. Soy yo quien se lo pido.

–Creo que ya lo he captado –respondió ella con sequedad–. No hace falta que me fustigues. ¿Qué será lo siguiente? Un análisis pormenorizado de cada vez que hemos...

–Me parece que no me estás entendiendo –la interrumpió él–. Sólo estoy enunciando un hecho que no debería sorprenderte en modo alguno. ¿Acaso crees que no sé perfectamente que no tenías ningún interés en convertirte en mi amante?

Tristanne pareció quedarse paralizada al oír eso.

–No sé a qué te refieres –dijo al cabo de un rato.

–Sí que lo sabes –replicó Nikos enarcando una ceja–.

Pero no tienes que preocuparte, Tristanne. Sé lo que querías.

Ella tragó saliva.

—¿No me digas? —alzó la barbilla—. Pues tendrás que ponerme al corriente, porque yo creo que fui muy clara con respecto a lo que quería, y estoy satisfecha con los resultados.

Nikos dejó que el silencio se prolongara. Estaba divirtiéndose mucho con aquello, con la expresión de pánico que había asomado a su mirada antes de que Tristanne disimulara, y el nerviosismo que delataba cada uno de sus gestos, como el que cambiara el peso de un pie a otro o que casi se mordiera el labio antes de darse cuenta de lo que estaba haciendo.

—No puedes seguir siendo mi amante, Tristanne —le dijo—. Se te da fatal.

—Muy bien —respondió ella, obligándose a mantener la calma en su voz. Nikos se preguntó cuánto debía costarle—. Aunque estoy desolada, por supuesto.

Nikos casi se rió ante lo insultante que resultó la indiferencia que consiguió imprimir a esa última frase; parecía que estaba dispuesta a luchar hasta el final. No podía sino admirar su valor. Le recordaba a lo obstinado que había sido él en su adolescencia.

—Eres tonta, Tristanne —le dijo sacudiendo la cabeza—. No te estoy apartando de mi lado.

—¿Estás seguro? —inquirió ella. Su voz había sonado áspera, pero algo había relumbrado en sus ojos. ¿Alivio? ¿Irritación?—. Porque por el modo en que has empezado a enumerar todos mis defectos cualquiera pensaría lo contrario. ¿O es que es tu forma de mostrar afecto?

—Es superior a ti, ¿no? —murmuró Nikos. Se acercó a ella y alargó la mano para acariciar aquellos labios

que lo desafiaban constantemente, que lo exaspera-
ban. Aquellos labios con los que fantaseaba cuando
no estaba con ella–. Eres incapaz de darte por vencida.

Tristanne no apartó la cabeza, y sus labios no temblaron, pero Nikos tenía la sensación de que había tenido que hacer un esfuerzo para contener ambas reac-
ciones.

–No comprendo adónde quieres llegar con esta
conversación –murmuró ella.

Nikos decidió que no podía seguir posponiéndolo.
Una ráfaga de algo poderoso lo recorrió. «Venganza»,
se dijo. Por fin tendría su venganza. Sin embargo,
aquel sentimiento parecía mucho más que eso, que la
necesidad de una estrategia, pero se negó a intentar di-
lucidar qué podía ser.

–Cásate conmigo –le dijo.

Tristanne parpadeó. De pronto la cabeza le daba
vueltas y el corazón se le había desbocado.

–No voy a ponerme de rodillas, Tristanne –le advirtió Nikos con esas maneras tan arrogantes que la
desquiciaban–. Y tampoco voy a ponerme a recitarte
versos.

Tristanne no podía pensar con claridad, y eso era
un peligro porque si no podía pensar sólo podía sentir,
y no quería sentir las cosas que estaba sintiendo.

Una dicha abrumadora la estaba inundando, palpitaba en sus venas, y por un momento incluso bloqueó
la realidad. La idea, tan dolorosa como tentadora, de
que pudiera tener a aquel hombre, tenerlo de verdad
cuando sabía que era imposible, despertó en su interior
una esperanza que ni siquiera sabía que llevara dentro.

Y sin embargo... qué maravilloso sería imaginar

aunque sólo fuera por un segundo que aquello no hubiese empezado con un engaño por su parte, que él estuviese proponiéndole matrimonio a ella, y no a esa falsa amante a la que estaba representando. Nikos pensaba que era un desastre como amante, pero poco podía imaginar lo difícil que le resultaba interpretar un papel que nada tenía que ver con ella.

–De ser otro hombre tu silencio ya habría hecho que afloraran todas mis inseguridades –le dijo, mirándola divertido.

Pero Tristanne seguía sin poder reaccionar. Mil pensamientos cruzaban por su mente, el corazón le martilleaba en el pecho, y estaba como paralizada. Sin duda Peter se mostraría exultante ante aquella oportunidad de casarla con un hombre rico que le diera un respaldo financiero. En cuanto a ella, sería la solución a todos sus problemas. Nikos podría ayudarla a sufragar los gastos del tratamiento de su madre y a saldar sus deudas. Y sería libre de la tiranía de Peter, porque dudaba que su hermano siguiese utilizándola cuando podría tratar directamente con Nikos. Si se atrevía.

«Si no fuese porque lo amo...».

–¿A qué le estás dando vueltas, Tristanne? –inquirió Nikos, ladeando la cabeza–. ¿Qué tienes que pensar? Los dos sabemos que sólo puede haber una respuesta.

Si no lo amase... Pero lo amaba. Lo amaba aunque fuese arrogante, exigente y exasperante. Lo amaba por lo tierno que podía ser cuando quería, por el modo desafiante en que hablaba de su pasado, como si no le doliese, como si no hubiese moldeado su carácter. Lo amaba más de lo que estaba dispuesta a admitir, y por todo eso sabía que no podía casarse con él. No cuando casi todo lo que le había dicho era mentira.

Nikos no había mencionado la palabra «amor», y no lo haría, pero... ¿acaso importaba eso? No tenía por qué sentir lo mismo que ella. De hecho, ni siquiera estaba segura de que fuera capaz de albergar esa clase de sentimientos con los traumas que sin duda arrastraba de su infancia.

Sabía lo que debía hacer, y aunque los ojos le escocían por las lágrimas que estaban acudiendo a ellos, no iba a llorar. No iba a llorar.

–No puedo casarme contigo –dijo al fin.

Fue como si aquellas palabras le desgarraran la garganta, la lengua, los labios. No podía seguir mintiendo al hombre al que amaba. Encontraría otra manera de ayudar a su madre. No sabía cómo lo haría, pero no podía seguir con aquello. El hecho de que hubiera llevado aquel engaño tan lejos era algo que lamentaría durante el resto de su vida.

–¿No? –Nikos no parecía demasiado sorprendido por su respuesta–. ¿Estás segura? Yo creo que sí.

–Lo que quiero decir es que no me casaré contigo –puntualizó ella con el poco valor que le quedaba, como si el decir aquello no la estuviese matando por dentro.

–Ah, ya veo –murmuró él escrutando su rostro–. ¿No me digas que ahora de repente te ha dado un ataque de romanticismo? Espero que el hablar de matrimonio no te haya hecho fantasear con eso de «hasta que la muerte nos separe» y un anillo –se rió–. Te aseguro que haré que mis abogados nos ahoguen a ambos con decenas de cláusulas en un contrato prematrimonial. Estoy seguro de que eso te curará de esa clase de fantasías románticas.

–No dudo que eso sería un alivio –acertó a decir Tristanne.

Hasta consiguió que su voz sonara áspera, como si pudiese distanciarse de todo con el mismo cinismo con que él lo hacía, como Nikos esperaba de ella.

–Entonces, ¿qué objeción tienes a mi proposición? –inquirió él. Se encogió de hombros, con la suprema confianza en sí mismo de un hombre que sabía que cualquier mujer querría casarse con él–. No puedes decir que no estemos hechos el uno para el otro.

–Acabas de enumerar unas cuantas razones por las que no encajaríamos bien –le recordó Tristanne, casi irritada. No sabía por qué seguía discutiendo con él. Debería poner fin a aquello, alejarse de él. Y debería hacerlo ya, antes de que el dolor la tumbase, como temía que ocurriría si seguía adelante.

–Un hombre no espera discutir a todas horas con su amante –apuntó Nikos con su burlona media sonrisa–. Con una esposa en cambio...

–Estoy segura de que no piensas la mitad de las cosas que estás diciendo –le espetó Tristanne, luchando con sus emociones. Quería ser la mujer que había fingido ser, la mujer a la que acababa de proponerle matrimonio.

–Cásate conmigo y lo averiguarás –le sugirió él. ¡Estaba desafiándola a casarse con él!

Tristanne sintió que algo se resquebrajaba en su interior y tuvo que contener un gemido que se temía sonara más como un sollozo. No iba a llorar. No podía llorar delante de él.

Sin embargo, de pronto sentía que el falso valor al que se había estado aferrando estaba abandonándola. ¿Por qué estaba luchando contra sus sentimientos? ¿Por qué aquella obstinación en ser noble? La verdad era que quería decir sí, que lo amaba, y aunque era algo que Peter no comprendería jamás, su corazón le decía que su madre sí. Además, ¿cómo podría alejarse de él sin haber intentado siquiera decirle la verdad? ¿Cómo podría vivir con eso?

Lo amaba a pesar de que sabía que ese amor no era sensato ni racional, y necesitaba creer que una parte de él, enterrada bajo todas aquellas capas de orgullo masculino y de años de soledad y falta de cariño, sentía algo por ella. Además, si iba a ofrecerle su corazón, tenía que confiar en él lo suficiente como para decirle la verdad.

Apretó los puños, se irguió, alzó la cabeza, y lo miró a los ojos.

—No puedo casarme contigo... —le dijo en un tono quedo, con toda la dignidad que pudo— porque te he mentido. Te he estado mintiendo desde el principio.

Capítulo 13

ESO HAS hecho? –inquirió Nikos en un tono despreocupado.

Casi parecía que lo que acababa de oír le aburriese, como si todos los días varias personas le confesasen que habían estado intentando engañarlo. Y tal vez fuera así, pensó Tristanne entristecida. O tal vez, más probablemente, aquella muestra de aparente indiferencia estuviese cuidadosamente calibrada para desarmarla y atacarla cuando menos se lo esperase.

–Eso he hecho –asintió, escrutando su rostro.

Los labios de Nikos volvieron a curvarse en una media sonrisa.

–Ven –le dijo al cabo de un rato–. Nos sentaremos con una copa en la mano y charlaremos de ello como personas civilizadas. Así podrás contarme qué quiere decir exactamente eso de que has estado mintiéndome todo este tiempo.

Confundida, Tristanne no pudo hacer otra cosa más que seguirlo dentro. Ya en el salón, Nikos se sirvió una copa de vino en la barra de bar que había en el rincón. Le preguntó a Tristanne qué quería tomar, y cuando ella le dijo que nada, se limitó a encogerse de hombros y fue a sentarse en uno de los sofás. Tras haberse acomodado, miró a Tristanne y enarcó una ceja, invitándola a explicarse.

Tristanne, que estaba demasiado nerviosa como para sentarse, entrelazó las manos y bajó la vista a ellas con el ceño fruncido. El corazón le latía muy deprisa, y se notaba acalorada y mareada. Nikos estaba tan distante y tan frío de repente, allí sentado, como si apenas se conocieran. Y ella sólo estaba empeorando las cosas allí de pie, retrasando lo inevitable, dejando que el incómodo silencio se prolongase.

–Para empezar creo que debería confesarte que ya te conocía, aunque sólo de vista, antes de aquella fiesta en tu yate –le dijo, mientras fuera comenzaba a caer la noche–. La primera vez que te vi fue en un baile en casa de mi padre cuando sólo era una chiquilla.

Nikos tomó un sorbo de vino y se echó hacia atrás, apoyando un brazo en el respaldo del sofá. Sus ojos se habían oscurecido, pero aún brillaba en ellos un destello dorado, y Tristanne lo interpretó como un buen signo, o al menos no negativo.

Inspiró y le confesó todo, allí de pie frente a él, como un penitente ante un rey: cómo la mala gestión que Peter había hecho de la fortuna de la familia estaba a punto de llevarlos a la ruina, la delicada salud de su madre, que necesitaba el dinero de su fondo fiduciario para poder saldar sus deudas y ocuparse de ella, el repugnante ultimátum que le había dado su hermano y su odio obsesivo hacia él. También le explicó que ése era precisamente el motivo por el que lo había elegido, y lo que su hermano esperaba conseguir gracias a la asociación de sus apellidos, y de cómo la había sorprendido la inesperada pasión que había surgido entre ellos.

Habló y habló, sintiendo que en su estómago se formaba una bola de miedo cada vez más grande y más pesada. Mientras hablaba, Nikos apenas se movió. Tomaba un sorbo de su copa de cuando en cuando, pero aparte de eso simplemente la escuchaba con una expresión inescrutable.

Tristanne fue consciente en ese momento de que no tenía la menor idea de cómo iba a reaccionar. Nikos era un hombre rudo, peligroso, y estaba segura de que no era benevolente con aquéllos que lo traicionaban. ¿Qué le haría a ella?

Cuando hubo terminado de hablar, bajó la vista a sus manos de nuevo, haciendo un esfuerzo por no ponerse a temblar, por no echarse a llorar. Por no suplicarle. Y por no decirle que lo amaba, algo que no debía hacer de ningún modo.

–¿Y ése es el motivo por el que dices que no puedes casarte conmigo?

Tristanne alzó la vista aturdida y escrutó su rostro, pero no vio nada en él salvo el mismo fuego en su mirada. Como no se atrevía a decir nada más, se limitó a asentir.

Nikos se inclinó hacia delante, dejó su copa sobre la mesita frente al sofá, y Tristanne lo observó con una mezcla de pánico y esperanza. Entonces se puso de pie y, acortando la distancia entre ellos, le dijo:

–No me importa –cuando llegó frente a ella le puso una mano en la mejilla y con una mirada intensa, le dijo–: Nada de eso importa.

–¿Qué? –musitó Tristanne en un hilo de voz. Apenas podía articular palabra. Estaba temblando, y sentía que iba a derrumbarse delante de él, a pesar de que se había prometido que eso no ocurriría–. ¿Cómo puedes decir algo así? ¡Por supuesto que debe importarte! ¡Debería enfurecerte!

–Lo que verdaderamente me enfurece es que ese cerdo de hermano tuyo te haya obligado a hacer esto

–gruñó él–. Lo que me preocupa es que, si hubiese rechazado tu proposición aquella noche, se la habrías hecho a algún otro. Lo que me preocupa es que estás aquí, delante de mí, esforzándote a toda costa por no llorar.

–¡No es verdad! –protestó ella, pero era demasiado tarde.

Todo el miedo, la ira, el dolor y aquel amor imposible y desesperado se fusionaron en las lágrimas que le quemaban los ojos, y sin poder contenerlas ya, empezaron a rodar por sus mejillas.

Se estaba humillando delante de él, pero no parecía poder dejar de llorar.

Nikos murmuró algo en griego, algo tierno, y sólo logró hacerla llorar aún más. Irritada consigo misma, Tristanne se secó los ojos con el dorso de la mano. ¿Qué le faltaba por hacer? ¿Agarrarse al dobladillo de sus pantalones cuando fuese a salir por la puerta? ¿Iba a acabar pareciéndose a su madre en todos los sentidos?

Aquél era un pensamiento aterrador, una auténtica pesadilla, pero cuando Nikos tomó su rostro entre ambas manos, ya no pudo pensar en nada más que en él.

–Escúchame –le dijo, con ese tono arrogante que exigía obediencia inmediata–. Te casarás conmigo. Yo me ocuparé de tu hermano, y te garantizo que protegeré a tu madre. No tendrás que volver a preocuparte por nada de eso. ¿Lo entiendes?

–No puedes ordenarme que me case contigo –protestó ella irritada.

Nikos esbozó una sonrisa lobuna.

–Acabo de hacerlo –respondió–. Y obedecerás.

Antes de que Tristanne pudiera decir nada, sus labios silenciaron los de ella, como si no hubiese más que discutir y ella hubiese dicho que sí.

Horas más tarde, mirando por el balcón del dormitorio principal, que se asomaba a los acantilados, Nikos se preguntó si tal vez Tristanne sólo había estado aparentando hasta ese momento sentirse atraída por él. No, era imposible. No podía creer que el modo en que el cuerpo de Tristanne reaccionaba al suyo pudiera ser algo fingido.

Se giró para mirarla a través de las puertas abiertas del balcón, dormida en la cama. Tenía el cabello alborotado, la boca entreabierta, y las curvas de su cuerpo se marcaban bajo las sábanas, tentadoras como el canto de una sirena. De inmediato notó que se excitaba, dispuesto como siempre, ansioso como siempre por volver a hacerla suya una vez más. Sintió una punzada en el pecho y se volvió de nuevo, apartando la vista de ella.

Hacía una noche bastante fresca por la brisa que soplaba, arrastrando el olor de los pinos y del mar. Nikos se quedó mirando la oscura masa de agua, iluminada tan sólo por la luz de la luna, sin comprender por qué no sentía la adrenalina corriendo por sus venas por la victoria que estaba casi al alcance de su mano. Eso exactamente era lo que había sentido al lograr que las finanzas de los Barbery se tambalearan después de la muerte del viejo.

Había celebrado aquella victoria, sobre todo porque no había olvidado lo que había sentido cuando la situación había sido la inversa: cuando había sido la fortuna Katrakis la que había estado en peligro. No había olvidado cómo se había carcajeado Peter Barbery, regodeándose con su infortunio, cuando lo había llamado para decirle que les habían quitado de las manos el contrato millonario que habían estado a punto de firmar con otra empresa, que habían perdido el dinero, y que sólo había utilizado a Althea.

Probablemente entonces los Barbery lo habían celebrado, y el imaginar esa celebración y el recordar las viles palabras de Peter lo habían ayudado a mantener viva la llama de la ira todos esos años.

¿Por qué entonces no sentía en ese momento la satisfacción que debía sentir? Después de todo, había conseguido que Tristanne picase el anzuelo.

Se había quedado atónito con la confesión que le había hecho, aunque aún no acertaba a comprender qué podía haberla llevado a descargar su conciencia de esa manera. Sólo se le ocurrían un puñado de motivos, pero no quería pensar en eso. Lo que importaba, se dijo, era que le había contado cuáles eran los planes de su hermano y el papel que ella misma debía desempeñar en esos planes.

Después de aquella confesión Tristanne le había hecho el amor como una criatura salvaje, hambrienta, cabalgando sobre él en la penumbra como si estuviese hecha de pasión y de deseo, hasta llevarlos a ambos al éxtasis.

En cuanto a él, no sólo le preocupaba no sentir la satisfacción del triunfo que estaba a punto de lograr, sino también el hecho de que lo que sentía era algo que le era completamente desconocido, una vena posesiva que le estaba haciendo cuestionarse la venganza que llevaba tantos años urdiendo.

«Nunca fue tu intención involucrarla a ella», se recordó, como si aún tuviera una conciencia. Como si no se hubiese deshecho de ella hacía años. Como si no lo demostrara lo que le estaba haciendo a Tristanne. «No, tú nunca pretendiste hacer lo mismo que hizo Peter Barbery».

Entonces pensó en Althea, la hermosa, impetuosa e inconsciente Althea. Hermana suya por parte de padre, aunque ella nunca había reconocido el parentesco entre ambos a menos que sirviera a sus propósitos. Había sido una especie de guardaespaldas y acompañante para ella cuando le había convenido, cuando no había querido ser vista del brazo de su viejo padre.

Y él, estúpido de él, se había mostrado desesperado por que lo aceptase, por conseguir su aprobación. Había intentado protegerla, hacerla sonreír, demostrarle que merecía ser su hermano aunque su padre lo hubiese tratado siempre con desprecio e indiferencia.

Sin embargo, Althea nunca había mostrado el más mínimo interés por él. Le habría dado igual que se hubiese vuelto al barrio pobre de donde había salido en vez de esforzarse por obtener el respeto de su padre, el padre que se había desentendido de él.

De hecho, lo único que Althea había mostrado había sido resentimiento hacia él porque con su llegada había dejado de ser el foco de la atención de su padre. Y es que, aunque para Demetrios Katrakis él sólo hubiera sido el hijo bastardo, Althea había envidiado cada palabra o mirada que su padre le había dirigido.

Luego se había enamorado perdidamente de Peter Barbery, y aquello había sellado el destino de todos ellos.

Nikos apoyó las manos en la barandilla frente a él e inspiró. El pasado no se podía deshacer. Peter había dejado tirada a Althea en el instante en el que su padre, Gustave Barbery había conseguido arrebatarles aquel contrato. La situación financiera de la familia se había tambaleado, Althea se había quitado la vida, y cuando se había descubierto que estaba embarazada, su padre lo había culpado a él, aunque Nikos nunca había sabido por qué. Un año después su padre había muerto también, dejándolo solo para recoger los pedazos del maltrecho imperio naviero de los Katrakis.

El pasado no se podía deshacer, se repitió. Había jurado venganza sobre la tumba de su padre, y era un hombre que cumplía sus promesas. Siempre.

Por eso le preocupaba el hecho de que ya no sentía la fría determinación que lo había llevado hasta allí. ¿Podría ser, apuntó una vocecilla insistente en su cerebro, porque el hacerle a Tristanne lo que tenía planeado hacerle lo pondría al nivel de Peter Barbery? O peor aún, porque Barbery no le había prometido nada a Althea, mientras que él le había propuesto matrimonio a Tristanne y tenía la intención de dejarla plantada en el altar.

Tristanne recorrería el pasillo central de la iglesia, bellísima con su blanco vestido de novia, pero él no estaría allí. Estaba seguro de que Tristanne no lloraría; no delante de tanta gente, a pesar de la humillación.

Maldijo entre dientes. Aquello era muy distinto de lo que había hecho Peter Barbery, se dijo irritado. Él nunca había pretendido utilizar a Tristanne; había sido ella la que se había ofrecido a él como amante. ¿Cómo podría él haberla rechazado cuando se lo había puesto en bandeja? No, él no era como Peter Barbery, se repitió una vez más, a pesar de que tenía la sensación de que cuando le hiciera aquello a Tristanne, cuando la hiriese de aquella manera, tal vez también él saldría herido.

Al fin y al cabo, después de haber intentado no pensar en el pasado durante todos esos años, le resultaba casi chocante recordar en esos momentos cuánto había querido a su malcriada y egoísta hermana, y cuánto le habían dolido las cosas que le había dicho pocos días antes de suicidarse.

La había encontrado acurrucada en el suelo de su cuarto en la mansión de su padre en Kifissia, con el rostro bañado por las lágrimas.

–¡No eres nada para mí! –le había gritado cuando había intentado consolarla, después de que Barbery pusiera fin a su relación de un modo tan cruel.

Entonces él aún no había sabido que su hermana estaba embarazada, que Peter Barbery se había mofado de ella y le había dicho que era una «buscona» y que el hijo que llevaba en su vientre podía ser de cualquiera.

–Althea, por favor, no te pongas así –le había dicho levantando las manos para intentar calmarla.

Creía que le había demostrado que podía confiar en él, que podía ser el hermano mayor que nunca había tenido, alguien a quien poder querer y en quien apoyarse. Eso era lo único que él había querido de ella.

–¡Ojalá no hubieras nacido! –le había gritado Althea. Aquellas palabras se habían clavado en su corazón igual que un cuchillo–. ¡Todo esto es culpa tuya!

–Lo arreglaré –le había prometido él–. Te lo juro por mi honor.

–¿Por tu honor? ¿Qué honor? –se había burlado ella, desdeñosa, con el rostro contraído por el rencor–. No eres más que una rata callejera, y seguirás siéndolo toda tu vida.

Nikos apretó los dientes y apartó aquel desagradable recuerdo de su mente. Sólo una semana después la habían encontrado muerta en su habitación, y se había descubierto que estaba embarazada.

Los Barbery se merecían lo que iba a hacerles; incluso Tristanne, aunque fuese inocente. No iba a sentirse culpable por ello.

Tristanne estaba todavía medio dormida cuando Nikos la rodeó con sus brazos y la atrajo hacia sí, pero se despertó del todo cuando Nikos se colocó sobre ella y sintió que reaccionaba de inmediato a la calidez de su cuerpo.

—Aún no me has dado una respuesta —murmuró Nikos mientras sus labios descendía por su cuello.

—¿Y si mi respuesta sigue siendo «no»? —inquirió ella.

Su voz sonó algo ronca, en parte porque acababa de despertarse, pero en parte también, se dijo, porque ya no había secretos entre ellos. Se sentía... desnuda hasta el alma. Vulnerable.

De pronto la asaltó un recuerdo, de Peter la noche de la fiesta en Florencia, preguntándole qué esperaba conseguir Nikos de todo aquello, pero lo apartó de su mente, concentrándose en el tacto de los duros músculos bajo sus manos, en el calor de sus labios en su pecho.

Ella se lo había contado todo, lo único que podía hacer era confiar en que él hiciera lo mismo si es que había algo que no le había dicho. Claro que tampoco era como si de pronto ella pudiera decidir dejar de amarlo entretanto, y su cuerpo no dejaría de desearlo.

—Oh, sí... —murmuró cuando él la penetró, haciéndola suspirar.

—¿Sí qué? —la picó Nikos, mientras comenzaba a mover las caderas lentamente, entrando y saliendo de ella, provocándole escalofríos de placer.

–No me presiones –jadeó ella.

–No te estoy presionando –gruñó él, mordisqueándole el cuello–. Sólo quiero una respuesta.

Tristanne no podía pensar en ese momento; estaba siendo sacudida por un millar de olas de placer que le nublaban el cerebro. Le rodeó las caderas con las piernas, atrayéndolo más hacia sí.

Los ojos de Nikos buscaron en los suyos. Parecía que algo lo inquietara. Luego tomó sus labios, besándola con una intensidad que en otro hombre habría parecido desesperación, y comenzó a embestirla más deprisa, con más fuerza, mientras le sostenía las nalgas con sus grandes manos.

–Sí –dijo Tristanne, que en ese momento no era capaz siquiera de recordar por qué antes le había dicho que no. Quería tranquilizarlo, borrar esa desazón de su mirada–. Me casaré contigo.

Nikos no dijo nada. Simplemente volvió a inclinar la cabeza para besarla de nuevo y los llevó a los dos a ese lugar donde no hacían falta palabras.

Capítulo 14

DEBEMOS casarnos cuanto antes –le dijo Nikos la noche siguiente a Tristanne, sorprendiéndola mientras cenaban en el patio.

Él acababa de volver de pasar otro día en Atenas por trabajo, y el sol estaba ocultándose ya en el horizonte.

Al oír esas palabras Tristanne, que se había estado preguntando si los acontecimientos de la noche anterior eran reales o los habría soñado, se estremeció de emoción.

–¿Por qué? –inquirió–. Podemos comprometernos y preparar la boda con tranquilidad. No queremos que dé la impresión de que tenemos alguna razón para apresurar las cosas, ¿no?

–¿Vamos a tener otra discusión por esto, Tristanne? –le preguntó él, esbozando su habitual media sonrisa.

Sin embargo, esa noche su sonrisa parecía algo forzada.

–¿Pero por qué quieres casarte tan pronto? –inquirió ella con calma, como si no hubiera advertido que su tono había sonado algo tenso.

Nikos la miró un instante a los ojos antes de bajar la vista a sus labios, y luego a sus senos, cubiertos por la fina camiseta de tirantes de algodón que llevaba. Tristanne tuvo que hacer un esfuerzo para no exteriorizar el modo en que su cuerpo respondió a esa mirada.

–¿De verdad te hace falta preguntar eso? –le preguntó él–. ¿Acaso no es evidente?

–Yo no creo en el divorcio –murmuró ella. No sabía qué la había empujado a decir eso–. Sé que me tacharían de antigua por decir esto, pero nunca he comprendido qué sentido tiene casarse si se hace con una «cláusula de rescisión», como si fuera un mero contrato.

–¿No crees en el divorcio? –repitió él con ironía, sacudiendo la cabeza antes de meterse una aceituna en la boca–. Pues te aseguro que existe. Mi abuelo se divorció de las tres esposas que tuvo.

–Y es peor aún cuando hay niños de por medio –continuó ella, ignorándolo. Se encogió de hombros–. He visto a muchos niños destrozados por las «guerras» de sus padres. No podría hacer pasar por algo así a mis hijos.

Los ojos de Nikos relampaguearon.

–Si tenemos hijos –le respondió con fiereza–, llevarán mi apellido y vivirán bajo mi protección; siempre.

Luego se quedó callado durante un buen rato, observando el mar. Había algo en su expresión distante que hizo que a Tristanne le doliera el corazón, que sintiera lástima una vez más por lo difícil que debía de haber sido su infancia, pero no dijo nada. Temía que él intuyera que sentía algo más que compasión hacia él. ¿De verdad era amor lo que sentía, o estaba engañándose? ¿Podría funcionar un matrimonio basado en un amor unilateral, y en la química increíble que había entre ellos?

–Nos casaremos dentro de dos semanas –dijo Nikos finalmente con una expresión casi severa–. Aquí, en la isla, si te parece bien.

–¿Me estás pidiendo opinión? –inquirió ella burlona, como si las cosas entre ellos volvieran a ser lo que eran antes, como si de pronto él no estuviera tan distante–. Eso sí que es una novedad.

–Si tienes alguna otra preferencia, no tienes más que decirlo –respondió él enarcando ligeramente las cejas–. Ya he mandado una nota de prensa a los periódicos locales. El anuncio aparecerá en la edición de mañana. Todos los demás trámites pueden agilizarse.

–Dos semanas... –repitió ella.

Ojalá pudiese ver debajo de la expresión distante que Nikos llevaba esa noche, como una máscara. Su intuición le decía que había algo que no iba bien, pero desechó aquel presentimiento. Son sólo nervios, se dijo. Y era lógico que estuviese nerviosa ante la idea de casarse con un hombre como él, que podría pasar por encima de ella como una apisonadora si detectase la más mínima debilidad en ella. Como estaba haciendo en ese mismo momento.

–Dos semanas –asintió Nikos, como si estuviera confirmando un trato que acabase de cerrar. Se echó hacia atrás en su asiento y tomó su teléfono móvil, del que nunca se separaba–. Quizá podrías llevarte el helicóptero a Atenas y encontrar un vestido adecuado para la boda.

–Tal vez lo haga –murmuró ella.

Tristanne no se dio cuenta, hasta mucho más tarde, de que Nikos no le había dicho por qué tenía tanta prisa por casarse. Se había ido por las ramas y había logrado convencerla.

Después de aquella conversación los días pasaron tan deprisa que Tristanne casi se sintió mareada. Nikos seguía distante, pero se dijo que tal vez fuera simplemente su manera de exteriorizar los nervios.

Andaba todo el tiempo muy ocupado, o hablando por el móvil, y cuando por fin encontraba algún momento para hablar con ella era para preguntarle por los preparativos de la boda, que había dejado en sus manos.

Tristanne había comprado un vestido de novia sencillo en una boutique de Atenas, había encargado el ramo en una floristería de Argostili, la ciudad más importante de la isla, y se había ocupado de buscar un servicio de catering para el banquete y todo lo demás.

También se había puesto en contacto con su familia. Su madre, como era previsible, se había puesto loca de contento, y hasta se había emocionado como evidenciaba el hecho de que su entusiasmo no había logrado disimular el temblor en su voz.

—Igual que tu padre y yo —le había dicho con un suspiro de felicidad—. Nos miramos el uno al otro y... en fin, fue un flechazo.

Tristanne era incapaz de asociar el recuerdo que tenía de su padre a esas historias que su madre le contaba, pero nunca se lo había discutido.

—Tienes que venir a la boda —le había dicho—. No podemos celebrarla sin ti.

Su madre había dicho que sí de inmediato.

La llamada a Peter, como era de esperar, había sido más difícil, incluso después de que le hubiera dicho que ya no iba a necesitar su ayuda, que podía esperar los tres años estipulados para tener acceso al dinero de su fondo fiduciario.

—Has jugado bien tus cartas, ¿eh? —había sido el comentario despectivo de Peter—. Debes de estar orgullosa de ti misma. ¿Quién iba a decir que conseguirías que un hombre como Katrakis te propusiese matrimonio? No tienes precio como actriz.

–Te llamo porque eres el único hermano que tengo –le había dicho Tristanne con aspereza–. Es el único motivo por el que te estoy invitando.

–Por eso, y porque resultaría muy extraño que no asistiera –le espetó Peter–. Descuida, Tristanne; allí estaré.

A ella aquello le había sonado más como una amenaza, pero no tenía tiempo para preocuparse por Peter ni por qué nueva maldad pudiese estar tramando. Le preocupaba muchísimo más el hecho de que su futuro marido pareciera más frío y distante a medida que se aproximaba el día de la boda.

Si no fuera porque hacían el amor todas las noches, probablemente el pánico se habría apoderado de ella. Cada noche se acostaba y yacía despierta hasta que él aparecía y se subía a la cama con ella. Le hacía el amor ardientemente, en silencio, y luego la abrazaba y dejaba que sus manos se enredasen en su cabello, aún sin mediar palabra.

Cuando llegaba el alba Tristanne se decía que debería hablar con él, interrumpir una de sus interminables llamadas de negocios y preguntarle qué le preocupaba. Y lo habría hecho ya, si no fuera porque se imaginaba perfectamente la respuesta mordaz que recibiría de él. No era un hombre dado a hablar de sus sentimientos. De hecho, no estaba segura de que fuera consciente de que los tenía.

La verdad era que lo añoraba. Echaba de menos las pequeñas pullas que le lanzaba para picarla, las discusiones tontas con él, su media sonrisa arrogante, el brillo en sus ojos... Pero no se atrevía a mencionar nada de aquello delante de él porque temía que se replantease el hecho de que le había estado mintiendo y decidiese dar marcha atrás con respecto a la boda. No podía soportar la idea de perderlo.

De pie en la cubierta de su yate, la noche anterior al día en que se iba a celebrar la boda, Nikos tuvo una sensación de *déjà vu* mientras observaba a sus elegantes invitados conversando los unos con los otros con una copa en la mano. Él lucía un traje italiano a medida, como le correspondía en su papel de anfitrión y novio.

Sin embargo, aunque había ido saludando a los invitados y se había parado a charlar un rato con algunos de ellos, lo cierto era que sólo tenía ojos para Tristanne. Llevaba un vestido azul hecho de una tela vaporosa que bailaba sobre sus curvas y destacaba el brillo de sus ojos y su piel dorada. El cabello le caía en suaves ondas sobre los hombros. Estaba preciosa; se la veía tan llena de vida, tan vibrante...

No podía dejar de pensar que al día siguiente, en cambio, sería como una flor tronchada, aplastada por su propio pie. No podía comprender por qué se le revolvía el estómago de sólo pensar en ello, por qué lamentaba que ella tuviese que sufrir las consecuencias de lo que habían hecho su padre y su hermano, que tuviese que pagar por la pérdida de tres vidas: la de su padre, la de su hermana Althea, y la del hijo que ésta había llevado en su vientre. ¿Por qué tendría que arrepentirse de nada?

Como si hubiese sentido su mirada sobre ella, Tristanne, que estaba hablando con un pequeño grupo de invitados, giró la cabeza y le sonrió. La vio excusarse y la observó mientras se dirigía hacia donde él estaba como si fuese una visión.

—Estás muy serio —le dijo ella en un tono alegre, aunque sus ojos estaban escrutando los de él.

—Las fiestas ya no tienen para mí el atractivo que solían tener.

Tristanne sonrió.

—Pero esta fiesta es en nuestro honor —apuntó, rodeándole el cuello con los brazos—. Deberías sonreír; o cuando menos no tener todo el rato el ceño fruncido. No se echará a perder por eso tu halo de misterio, no te preocupes.

Aquellas palabras arrancaron una sonrisa de los labios de Nikos, que se preguntó cómo podía ser que con Tristanne le fuese tan difícil mantener el control sobre sí mismo.

Se había pasado las últimas dos semanas ignorando el modo en que lo había estado observando, pensativa y preocupada, pero esa noche, al verla mirándolo como lo estaba mirando en ese momento, confiada, receptiva, deseó más que nada en el mundo poder ser el hombre que ella creía que era; el hombre que debería ser. Pero ese hombre no existía.

—¿Tan importante es para ti? —le preguntó. Ojalá ya estuviera hecho, pensó; ojalá ya hubiera consumado su venganza y pudiera dejar todo aquello atrás. Era la espera lo que estaba matándolo—. ¿Por qué debería mostrarme abierto y amigable con nuestros invitados cuando probablemente saben perfectamente que no soy ni lo uno ni lo otro?

Tristanne se rió, y fue como si se le clavara una daga en el corazón. Había tanta calidez en sus ojos, y parecía tan feliz cuando lo miró...

–Oh, Nikos –murmuró, riéndose aún–, cómo te quiero.

Nikos se quedó de piedra. Sabía quién era. Sabía lo que debía hacer. Y no creía en el amor; ni siquiera en el de ella.

Tristanne lo sintió tensarse de repente. Sus palabras se quedaron flotando en el aire.

–No pretendía decir eso –susurró espantada por su descuido.

De pronto Nikos parecía un extraño, tan lejano, tan distante... Una mezcla de temor y pánico explotó dentro de ella, y sintió que los ojos se le llenaban de lágrimas.

–Lo siento muchísimo –se apresuró a decir–. ¡No sé por qué he dicho eso!

–¿No lo sabes? –inquirió él en un tono frío, incriminatorio–. Puede que te refirieras a un cariño casual, como quien le tiene cariño a un viejo coche o a unos zapatos.

Casi daba la impresión de que no le importase, que estuviese pinchándola como solía hacer, pero a Tristanne le pareció que había angustia en sus ojos.

Nerviosa, Tristanne bajó las manos a sus hombros y lo miró a los ojos.

–No pretendía decir eso, pero es la verdad –murmuró con sinceridad–. Es la verdad, Nikos: te quiero.

Él se quedó mirándola, y fue como si la fiesta, todo lo que los rodeaba, se desvaneciera. Los ojos de Nikos se habían oscurecido; no había en ellos siquiera un atisbo de la ternura que le había parecido ver en alguna ocasión.

Nikos apretó la mandíbula.

–Esta boda te ha nublado el cerebro –le dijo con aspereza, después de lo que pareció una eternidad–. ¿Cómo puedes amarme, Tristanne? Apenas me conoces. No tienes ni idea de lo que soy capaz.

Tristanne recordó entonces aquellas mismas palabras que ella había pronunciado en la plazuela de Portofino y se estremeció. ¿Había sido una premonición? ¿Había estado esperando desde entonces, sin saberlo, a que ocurriera algo que confirmara esas palabras?

–Pues claro que te conozco –replicó con suavidad. Irguió los hombros y, mirándolo a los ojos, le dijo–: Mejor de lo que crees.

–Entonces no hay más que decir –masculló Nikos–. Espero que en los días que están por venir eso te reconforte.

–¿Quieres decir cuando estemos casados? –inquirió ella sin comprenderlo, aunque presentía que estaban, de algún modo, al borde de un tremendo desastre.

–Sí –respondió Nikos con una mueca extrañamente amarga–, cuando estemos casados.

Capítulo 15

TRISTANNE estaba de pie frente a un espejo de cuerpo entero en el dormitorio principal de la villa, mirando su reflejo. Tenía el cabello recogido en la coronilla con un pasador, y le caía sobre los hombros desnudos en suaves ondas. El vestido, de color marfil, era sencillo y elegante, con el cuerpo ceñido, y la falda vaporosa. El perfecto maquillaje resaltaba sus ojos, sus labios, y hacía que su piel resplandeciese. Llevaba un collar y unos pendientes de perlas de su madre, que estaba sentada en una silla detrás de ella con las manos entrelazadas sobre el pecho, emocionada.

Era la perfecta imagen de una novia en el día de su boda, pero no lograba acallar el mal presentimiento que se había apoderado de ella la noche anterior, cuando le había dicho a Nikos que lo amaba, y él se había quedado mirándola como si fuese una extraña para él. Sólo de recordarlo se estremeció.

—¡Estás preciosa, cariño! —exclamó Vivienne detrás de ella, como si no hubiera notado lo pálida que estaba y su aspecto frágil.

—¿Tú crees? —murmuró ella aturdida.

Se sentía como si estuviese soñando. ¿Cómo podía ser aquél el día de su boda? ¿Cómo podía estar allí, vestida para casarse con un hombre en el que no confiaba del todo, que no la amaba, y que quizá nunca llegase a sentir por ella lo que ella sentía por él?

La parte racional de su mente sabía exactamente lo que debía hacer. Se había pasado toda la noche pensando en huir. No podía casarse con un hombre que había reaccionado de aquella manera al decirle que lo amaba. ¿En qué estaba pensando? Ella misma era el resultado de un matrimonio apresurado, había crecido viendo a su madre suplicando atención a su padre, aunque fueran sólo unas migajas, y se había jurado a sí misma que ella no acabaría así. ¿Cómo podía estar sentenciándose a ese mismo destino?

Sin embargo la parte racional de su mente no era la que se había dejado peinar y maquillar; no era la que la había hecho ponerse ese vestido. Una mujer racional se habría marchado, o habría cancelado la boda, o le habría exigido a Nikos que le explicase su reacción. Una mujer que no tuviera miedo a hablar las cosas lo habría hecho. Pero ése era el problema, que tenía miedo de hablarlas. Tenía miedo de que, si presionaba a Nikos, él se echaría atrás. ¿No era eso exactamente lo que había temido desde el día en que le había pedido que se casase con él? Por eso se había dejado peinar y maquillar; por eso estaba allí de pie, frente al espejo, vestida de novia. Había escogido lo que su corazón quería, fingiendo que no lo hacía.

–Tienes que venir a ver esto –la frágil voz de su madre devolvió a Tristanne a la realidad–. Ven a ver esto, Tristanne.

Ella parpadeó, como si la hubiesen drogado y acabase de despertar, y se giró. Su madre se había levantado y estaba junto a la ventana, que se asomaba a los jardines, donde se iba a celebrar la ceremonia. Fue junto a ella, y miró abajo. Los primeros invitados estaban ya tomando asiento. Lucía el sol y los pájaros trinaban en las ramas de los árboles. Era todo perfecto; sólo faltaba el novio.

–No, estoy segura de que vendrá –dijo Tristanne, a pesar de que la ceremonia ya debería haber comenzado.

Los murmullos de los invitados, que ya no eran tan disimulados, le llegaban a través de la ventana entreabierta. Pasaron quince minutos; pasaron treinta. Luego esos treinta minutos se convirtieron en cuarenta y cinco, después en una hora, y Nikos seguía sin aparecer.

–Él no me haría esto –murmuró aturdida.

Ya lo había dicho varias veces. Se lo había dicho a su madre, que estaba sentada con el rostro contraído de ansiedad, y también a su hermano, que cada vez estaba más furioso.

Tenía náuseas y estaba mareada, pero no iba a ceder a las lágrimas. Tenía miedo de no poder parar si lo hacía.

–¿Que no? –le espetó Peter, girándose hacia ella–. ¡Ha estado esperando este momento los últimos diez años!

–No sé de qué estás hablando –le dijo Tristanne, decidida a defender a Nikos, a pesar de la nota de desesperación que había en su voz.

¿Cómo podía estar pasando aquello? Nikos no podía estar haciéndole aquello. «Por favor...», suplicó para sus adentros, pero no podía apartar de su mente la extraña mirada que había visto en sus ojos la noche anterior, el trasfondo amargo de sus palabras.

–Tuvo que ser precisamente Nikos Katrakis... –masculló Peter sarcástico.

Su rostro se había enrojecido de andar de un lado a otro de la habitación, y sus fríos ojos se clavaban en ella como puñales.

En otras circunstancias Tristanne habría prestado atención a esos signos de advertencia, y habría tratado de alejarse de él, pero no parecía poder moverse de la silla en la que se había dejado caer cuando el reloj había indicado que ya hacía una hora que debería haber empezado la ceremonia.

Lo único que pudo hacer fue quedarse mirando a Peter, repitiéndose que no podía derrumbarse. No delante de él. Nunca había llorado delante de Peter; ni siquiera cuando la había golpeado o zarandeado.

—No sé a qué te refieres —le dijo con una calma admirable que no sentía.

—¡Tuviste que escoger al único hombre que podía hacer que nuestra situación empeorara aún más! ¡Ahora nos convertiremos en el hazmerreír de Europa! —masculló Peter—. Sabía que pasaría esto... ¡Te dije que pasaría esto! Eres una estúpida irresponsable y egoísta. Eres una...

—Eso tiene gracia viniendo de ti —se oyó decir Tristanne, con un arrojo que nunca antes había exhibido ante él. Era como si ya no le importara nada, como si no le importasen las consecuencias—. No soy yo quien ha llevado a la familia al borde de la bancarrota.

Su madre gimió espantada, y Peter soltó una risotada desagradable.

—Espero que hayas disfrutado siendo su ramera particular, Tristanne, que mereciera la pena por la humillación que vamos a sufrir delante del mundo entero. ¡Nuestro padre debe de estar revolviéndose en su tumba!

Tristanne no estaba escuchándolo. Tenía los puños

apretados sobre el regazo mientras su mente se afanaba desesperadamente por comprender qué estaba ocurriendo. Nikos no podía estar haciéndole aquello.

–Ha debido de pasarle algo –dijo, aunque ni siquiera ella podía creérselo a esas alturas.

«No va venir; no va a venir», le repetía una vocecilla, pero ella se negaba a perder la esperanza. Tal vez hubiera sufrido un accidente con su coche camino de allí. Tal vez estuviera en un hospital, y cuando se supiera todos aquéllos que estaban haciendo especulaciones se avergonzarían.

Pero entonces se oyó un pequeño alboroto fuera, en el pasillo, y un sirviente se acercó a la puerta abierta. Parecía azorado, y antes de que abriera la boca Tristanne supo lo que iba a decir.

–Lo siento muchísimo, señorita –murmuró retorciéndose las manos–, pero el señor Katrakis se marchó esta mañana con el helicóptero, a Atenas, y no tiene intención de regresar.

Tristanne se puso de pie. Era eso o derrumbarse. Se apartó de la silla en la que había estado sentada, mirando a su alrededor angustiada, como si fuese a encontrar algo que pudiera calmarla.

–Qué sorpresa –masculló Peter avanzando hacia ella. Su rostro estaba contraído por la ira y parecía emanar odio a raudales–. ¡De pronto ha debido de acordarse de que él es un Katrakis y tú una Barbery! ¡Nunca tuvo la menor intención de casarse contigo!, ¡lo que quería era humillarte! ¡Debería haber imaginado esto desde el principio!

–No sé de qué hablas –le espetó ella.

Quería gritar, echar a correr, esconderse... ¿Pero dónde podría ir?

–¿Acaso pensaste que sentía algo por ti, Tristanne?

–le dijo Peter entre dientes–. ¿Creías que tus encantos bastarían para enamorarlo? Lo único que le interesaba era tu apellido.

–¿Nuestro apellido? –repitió ella, sintiéndose tan estúpida como Peter le decía siempre que era–. ¿Por qué iba a interesarle nuestro apellido?

–Porque nos detesta; a todos –le espetó Peter–. Hace diez años juró que se vengaría de nosotros, y ya ves, hay que felicitarte: se lo has puesto en bandeja de plata.

–Peter, por favor –murmuró Vivienne–. Éste no es el momento.

Pero Tristanne, que estaba mirando a su hermano, sintió que un escalofrío la recorría por dentro.

–¿Qué le hiciste? –le preguntó apretando los puños–. ¿Qué fue lo que le hiciste?

–Katrakis es basura –masculló Peter–. Salió escaldado de un negocio en el que fuimos nosotros los que nos llevamos el gato al agua y no pudo soportarlo. Perdió dinero y nos amenazó –dijo encogiéndose de hombros–. Me sorprendió que se recuperara de aquello. Esperaba que volviera al estercolero del que había salido.

–Te lo preguntaré de otro modo –dijo Tristanne con aspereza–. ¿Qué cree él que le hiciste?

–Tenía una hermana demasiado sensible que estaba obsesionada conmigo; decía que estaba enamorada de mí y que yo la había dejado embarazada –resopló con desdén–. Katrakis me culpó de que se matara con una sobredosis de pastillas para dormir, pero creo que su propia madre era adicta a los medicamentos. Al final todo está en la sangre –esbozó una sonrisa cruel–. No tienes más que mirar a tu madre y mirarte a ti.

Un gemido ahogado escapó de los labios de Vivienne, y Tristanne esperó a que la invadiera la ráfaga de furia que solía apoderarse de ella cuando Peter insultaba a su madre, pero no sintió nada, sólo desprecio.

El hombre con el que iba a casarse acababa de dejarla tirada, y su hermano estaba comportándose del modo más ruin posible con ella. La había tratado así durante años, y ella lo había permitido, porque siempre había pensado que era mejor que la atacase a ella en vez de a su madre, ¿pero qué lo detendría ahora que su padre había muerto? Estaba segura de que pronto atacaría a su madre también, y eso no pensaba consentirlo.

—Eres un monstruo —le dijo—. No hay ni un ápice de humanidad en ti.

Peter dio un paso más hacia ella, ceñudo, intimidante, pero Tristanne no retrocedió ni se achantó. ¿Qué podía hacerle que la hiriera más que la traición de Nikos? ¿Amenazarla? ¿Golpearla?

—Deberías cuidar tus palabras, hermana —masculló él, casi escupiendo las palabras.

Hermana... Él nunca se había comportado como un hermano; ni siquiera cuando habían sido niños. Al menos su padre, a pesar de que siempre se había mostrado frío y distante, había cumplido con sus deberes como padre: la había alimentado, la había vestido, se había preocupado de que tuviera una educación.

¿Qué había hecho Peter para merecerse el apelativo de «hermano»? Ella nunca le había pedido nada, ¿pero cuál había sido su respuesta cuando le había dicho que necesitaba disponer de su fondo antes de lo estipulado para ocuparse de su madre? La había obligado a humillarse, la había utilizado para sus propósitos.

—No me llames hermana —le dijo, sintiéndose más libre que nunca al pronunciar esas palabras—. Tú nunca te has comportado como un hermano conmigo.

–¿Cómo te atreves a...? –comenzó Peter, pero ella le dio la espalda, girándose hacia su madre.

Vivienne, otrora hermosa y llena de vida, era una pálida sombra de la mujer que había sido, frágil y quebradiza. Era la única que de verdad se había preocupado por ella; se merecía que luchase por ella, le costase lo que le costase.

–Madre –le dijo en una voz áspera que no parecía la suya. Claro que lo cierto era que en ese momento casi se sentía como si estuviese en el cuerpo de otra persona–. Voy a quitarme este vestido y luego nos iremos de aquí.

–¿Pero dónde iremos? –inquirió su madre en un hilo de voz, como una niña.

–Las dos iréis directamente a nuestra casa en Salzburgo –intervino Peter furioso–, porque de no hacerlo os trataré como lo que sois, parásitos, y os cortaré el grifo. ¿Me habéis oído?

–Haz lo que tengas que hacer –le respondió Tristanne con indolencia.

Peter la agarró por el brazo, clavándole los dedos en la carne.

–¿Y dónde vais a ir? –le gritó–. ¿Piensas volver a tu patética existencia en Canadá? No eres más que una inútil, igual que tu madre. ¿De qué vais a vivir?

–Prefiero llevar una existencia patética a ser como tú –le espetó Tristanne, soltándose de un tirón, con una fuerza que los sorprendió a los dos.

–Los dos sabemos que volverás arrastrándote hasta mí dentro de un mes y me suplicarás –le dijo Peter cuando ella lo rodeó para dirigirse al vestidor–. Y no pienses que entonces seré tan generoso como lo he sido todo este tiempo.

Tristanne se detuvo y giró la cabeza para mirarlo por encima del hombro.

—Créeme, conozco muy bien los límites de tu generosidad —le dijo sarcástica.

Peter soltó una risotada desagradable.

—¿Y cómo piensas que vais a sobrevivir?

Tristanne lo miró, sabiendo que aquélla era la última vez, que no volvería a verlo jamás, y en medio de todo el dolor y la zozobra que sentía, un destello de esperanza brilló en su interior.

—Sobreviviremos, te lo aseguro —le dijo—, y no gracias a ti.

Capítulo 16

NIKOS estaba sentado en su bar favorito en Atenas, bebiendo el whisky más caro que tenían, e intentando convencerse de que aquello era una celebración. De hecho, llevaba dos semanas de «celebración», noche tras noche. Tenía tanto que celebrar... Debería sentirse victorioso. Todos los periódicos llevaban fotografías de su boda fallida, para humillación de los Barbery. Además, sabía por fuentes más que fiables, que Peter había sido abandonado por sus inversores, y que sus finanzas se hallaban en caída libre. Antes de que acabara el año tendría que declararse en quiebra.

Al principio se había dicho que aquella sensación extraña que tenía no era más que el cansancio que seguía a una campaña de acoso y derribo tan intensa. Cuando se conseguía un objetivo, después uno sentía la falta de un objetivo. Era algo natural; incluso lógico.

Sin embargo, después haber hecho realidad la venganza que tanto tiempo había estado persiguiendo, no sentía satisfacción alguna, sino más bien indiferencia. Había ido a visitar la tumba de su padre, había depositado flores sobre la que ocupaban su hermana Althea y el hijo que no había nacido, y no había sentido absolutamente nada. Qué absurdo había sido todo aquello, había pensado entonces, mientras miraba la lápida de aquel hombre que nunca lo había querido, y de la joven que lo había detestado.

Empujó su vaso hacia el barman para que se lo llenara de nuevo. Aquel vacío era lo primero que había sentido, y después algo mucho más inesperado: dolor. Nunca habría imaginado que él, Nikos Katrakis, fuese capaz de sentir dolor.

Ésa era la única palabra capaz de describir la agonía en su pecho, el peso de todo lo que había perdido. Por las noches no podía dormir, y durante el día estaba irritable. Y lo único en lo que podía pensar era en Tristanne. Se encontraba imaginando cómo habría recibido la noticia, y cuánto habría tardado en aceptar la verdad. Se preguntaba cómo se habría sentido, y se torturaba imaginándola llorosa, o aún peor, reaccionando con valentía. Y en un ejercicio enfermizo, se imaginaba finales distintos. ¿Qué habría pasado si no la hubiese dejado y se hubiese ido? ¿Qué habría pasado si se hubiera casado con ella a pesar de todo, si cada noche pudiese dormir a su lado, inhalando el dulce perfume de su piel y de su cabello?

¿Qué habría pasado si la hubiese creído cuando le había dicho que lo amaba? Nikos gruñó, maldiciéndose en todos los idiomas que conocía. Ahora que había consumado su venganza no podía comprender cómo había podido dejar que lo obsesionase durante todos esos años. ¿Qué había conseguido? Nada.

¿Cómo podía haberse obsesionado con una lealtad absurda a dos personas que le habían negado su cariño? Tristanne, en cambio, le había dicho que lo amaba, y él la había abandonado ante el altar. Se había convertido en la clase de escoria de la que siempre había intentado distanciarse. Él, que había jurado que nunca sería como Peter Barbery, se había convertido en algo peor. Al menos Peter había roto la relación con su hermana en persona; no había dejado que su ausencia hablase por él.

¿Qué clase de hombre era, y cómo podía haber hecho lo que había hecho?

—Sea quien sea ella, no merece la pena, amigo —le dijo el barman, sacándolo de sus pensamientos.

Nikos alzó la vista, sorprendido de que el hombre, que en esas dos semanas se había limitado a servirle en silencio, entablase conversación con él.

—¿Por qué dices eso si no la conoce? —inquirió.

El hombre se encogió de hombros.

—Las mujeres son como son. No puedes vivir con ellas, pero tampoco sin ellas, ¿no?

Se alejó hacia el otro extremo de la barra para atender a otro cliente, dejando a Nikos aturdido.

De pronto lo veía todo claro. Tenía más dinero del que pudiera gastar en toda su vida, y casas en varias ciudades del mundo. Había nacido y crecido en la más absoluta pobreza, y ahora lo tenía todo, pero nada de todo eso tenía ningún valor para él si eso significaba vivir sin Tristanne. No quería vivir sin ella, y le daba igual cuál fuera su apellido y a qué familia perteneciera. No estaba dispuesto a perderla.

Tristanne se sorprendió cuando un elegante coche negro se detuvo junto a la acera de la avenida por la que estaba bajando, camino de la pequeña casa que su madre y ella habían alquilado en Vancouver. Y se sorprendió aún más cuando vio bajar de él a Nikos, con la gracia de movimientos de un depredador, tal y como lo recordaba.

Se paró en seco y se quedó mirándolo, intentando

ignorar los rápidos latidos de su corazón, los nervios que le atenazaban el estómago mientras se acercaba a ella con rostro serio, grave.

–Supongo me odias –dijo, deteniéndose frente a ella.

Tristanne parpadeó y sintió que la invadía una mezcla de ira y de dolor.

–¿Nada de preámbulos? –le espetó–. ¿Ni siquiera un saludo? ¿Tan poco merezco de ti, Nikos? ¿Ni siquiera la cortesía que tendrías con un extraño?

Comenzó a andar de nuevo, decidida a no volver la vista atrás. Necesitaba llegar a casa, encerrarse en su habitación y llorar sobre su almohada repitiéndose cien veces que no podía seguir enamorada de un hombre que la trataba así.

Nikos echó andar detrás de ella y no tardó en darle alcance.

–¿Aquello que dijiste en la fiesta, la noche antes de la boda... era verdad? –le preguntó.

–Los dos dijimos muchas cosas esa noche –masculló ella, mirando el suelo con el ceño fruncido–. Tendrás que ser más específico.

Le estaba costando mantener la compostura. En esas dos semanas había llorado más de lo que había llorado en toda su vida. Ya no se reconocía. Era lo que Nikos había hecho de ella: una muñeca rota.

–Estás llorando... –dijo él, como horrorizado.

Tristanne se detuvo y se giró hacia él, deseando ser más fuerte, poder hacerle sentirse tan mal como se sentía ella.

–Lo hago a menudo –le espetó–, aunque hasta ahora no lo había hecho nunca. Enhorabuena, Nikos; puedes estar orgulloso.

–Y a pesar de todo dijiste que me amabas –murmuró él–, ¡a este monstruo que te hizo algo terrible, algo imperdonable!

–¿Por qué estás aquí? ¿A qué has venido? –le preguntó Tristanne, y de su garganta escapó una risa desgarrada–. Si has venido para hacerme más daño, debo decirte que ya no queda nada que puedas dañar.

–No soy digno de ser amado –le dijo él–. Fuiste una tonta al decirme aquello, al confesar esa debilidad. Deberías considerarte afortunada de que no te creyera, de que no te tomara la palabra.

Tristanne abrió la boca para gritarle, para exigirle que la dejara tranquila, pero algo la detuvo. Sus ojos estaban apagados, tenía los labios apretados. Si fuera otro hombre habría dicho que parecía casi... desesperado.

–¿Para eso has venido a Vancouver? –le preguntó con voz trémula–. ¿Para explicarme por qué no debería haberme enamorado de ti?

–Ya te lo he dicho, Tristanne: no merezco ese amor –le repitió él, mirándola fijamente–. No tienes más que ver cómo me trataron mi padre, mi madre, mi hermana. Todos me abandonaron, todos me odiaron. Si sólo hubiese sido uno no parecería tan malo, ¿pero todos? Cuando ocurre algo así hay que buscar el denominador común, Tristanne, hay que ser lógico.

–¿Lógico? –repitió ella con incredulidad, sacudiendo la cabeza–. ¿De verdad lo ves así?

Escrutó su rostro en silencio y vio que así era, que creía lo que estaba diciendo y que no la había creído cuando le había dicho que lo amaba... porque no sabía lo que era el amor.

–Es como si te hubieras apoderado de mi voluntad –le dijo él, en un tono casi acusador–. He pasado años planeando esa venganza, y ahora en lo único en lo que puedo pensar es en ti. Destruyo a todas las personas a las que me acerco –añadió sacudiendo la cabeza–. Soy como una maldición.

Tristanne no podía fingir que sus sentimientos habían cambiado. No cuando tenía a Nikos de pie frente a ella, cuando sus dedos ansiaban tocar su rostro y sus brazos ansiaban estrecharlo entre ellos.

–No puedo culparte por odiarme –murmuró Nikos.

Se metió las manos en los bolsillos, y Tristanne tuvo la sensación de que estaba incómodo. Él, que jamás daba la menor muestra de inseguridad. Aquel pensamiento la atravesó como una flecha que hirió de muerte al monstruo de la ira que le nublaba la mente, y sólo quedó la desazón que la envolvía.

–Quería odiarte –le dijo con más sinceridad de la que Nikos se merecía–, pero no puedo.

–Pues deberías –masculló él–. Si tuvieras el más mínimo sentido de supervivencia, deberías.

–Tú eres el experto –respondió Tristanne–. Odio, venganza, engaño... Creo que todo es tu fuerte, no el mío. Yo sólo quería casarme contigo, tonta de mí.

–¡La venganza ya no me importa nada! –explotó él.

–¿Cómo puedes decir eso? –le espetó ella, secándose los ojos con el dorso de la mano–. Peter me lo contó todo. Lo que te hizo. Lo que le hizo a tu familia, a tu hermana.

–Mi hermana se quitó la vida. Nada de lo que hizo Peter puede compararse al daño que yo te he hecho a ti –dijo Nikos dolido–. Sé que no te merezco, Tristanne, pero... –sus ojos la miraron atormentados y alargó las manos hacia ella pero no la tocó–. Por favor, créeme cuando te digo que no creo que pueda vivir sin ti –le susurró.

Tristanne sintió que su amor por él la desbordaba. Era algo tan real, tan tangible, como la sangre que corría por sus venas, el aire que llenaba sus pulmones.

–Tristanne... –murmuró él, casi como una súplica–. He intentado olvidarte, dejarte marchar, pero no puedo.

Tristanne tomó sus manos, y sintió que estaba haciendo lo correcto. ¿Qué podía pasar? Lo había perdido todo y había sobrevivido, y no podía negar que, a pesar de lo que Nikos había hecho, seguía amándolo. Tal vez no tuviese sentido, tal vez estuviese cometiendo un error, pero aquella verdad era como un fuego que la había marcado, para siempre.

–Entonces no me dejes marchar –le dijo, sintiendo que tenía un nudo en la garganta. Hacía ya tiempo que había decidido que en momentos difíciles, como aquél, sería valiente, que se arriesgaría–. Si te atreves.

Capítulo 17

¿QUÉ VOY a hacer contigo? –le preguntó Nikos horas más tarde, sentado junto a Tristanne en uno de los lujosos asientos de cuero de su avión privado.

Debajo de ellos se extendía Norteamérica, como una colcha de patchwork, y sobre ellos no había nada más que el cielo azul y un sol resplandeciente. Alargó una mano y tomó un mechón de su cabello rubio, enredándolo en torno a su dedo.

–Pues casarte conmigo, naturalmente –respondió Tristanne inclinándose hacia él–. Para eso has recorrido medio mundo para venir a buscarme, ¿no?

–¿Pero es lo que quieres? –le preguntó él poniéndose muy serio y frunciendo ligeramente el ceño–. Me temo que tengo muchos defectos. Dudo que la opinión que tienes de mí mejore cuando me conozcas mejor.

–Es lo que quiero –respondió ella en un tono suave pero firme–. Eres Nikos Katrakis. No creo que haya otro hombre sobre la faz de la tierra tan fascinante como tú.

–No bromeo, Tristanne –insistió él.

Ella comprendió de pronto que estaba aterrado, que aquel hombre fuerte y brusco tenía miedo. Puso su mano sobre la de él.

«No puedes elegir a quién amar», le había dicho su madre encogiéndose de hombros cuando le había explicado lo que había ocurrido, y que pensaba casarse con Nikos después de todo, a pesar de todo. «Los cobardes son los únicos que no obedecen los dictados de su corazón, Tristanne. No lo olvides nunca».

–No pertenezco a tu mundo por mucho que lo pretenda –murmuró Nikos–. La gente se siente atraída por mi dinero, por mi poder, pero ninguno de ellos olvidará jamás de donde provengo.

–Ni deberían –replicó ella. Nikos la miró contrariado–. Lo has dicho como si fuera algo de lo que tuvieras que avergonzarte –se explicó Tristanne–. Yo creo que no deberías avergonzarte de tu pasado, Nikos. Superas unos obstáculos inconmensurable, y lo hiciste sin la ayuda de nadie, ni siquiera de tu padre –sacudió la cabeza–. Deberías estar orgulloso.

–Tú no lo comprendes... –comenzó él.

–¿Puedo preguntarte quiénes son esas personas que no son capaces de ver más allá de tus orígenes? –lo interrumpió ella–. ¿Gente como mi hermano? ¿Personas mimadas y malcriadas que han heredado de otros la fortuna que tienen? ¿Por qué debería importarte lo que piensen?

Nikos le apretó la mano y esbozó esa media sonrisa que ella adoraba.

–Luego no podrás cambiar de opinión, Tristanne –le advirtió mirándola de un modo posesivo, implacable–. Si te casas conmigo, ya no habrá vuelta atrás.

Ella entrelazó su brazo con el de él y le dijo sin vacilar:

–No quiero mirar atrás, sino adelante. Esto es sólo el principio.

Luego se inclinó hacia él y lo besó en los labios.

Cuando Tristanne se despertó, Nikos lo supo de inmediato. Era como si tuvieran una conexión psíquica.

Se apartó de la barandilla, bañada por la luz de la luna llena que brillaba sobre el mar, y a través de las puertas abiertas del balcón miró a Tristanne, que se había incorporado en la cama y estaba frotándose los ojos.

Se habían casado en una ceremonia privada en los jardines de la villa, el mismo lugar donde iban a haberse casado semanas atrás, porque les había parecido que eso ayudaría a hacer que cicatrizaran las heridas. Y ahora era su esposa; suya, para siempre. Nikos aún no podía creérselo.

—¿Qué estás haciendo? —le preguntó ella con voz soñolienta.

Nikos entró en la habitación y se sentó en la cama junto a ella. Quería tomarla otra vez en sus brazos, perderse en su cuerpo como había hecho tantas otras veces, como había hecho esa misma noche, pero en su mente zumbaban un sinfín de preguntas, y necesitaba respuestas.

—No lo entiendo —dijo en un tono quedo.

Tristanne se incorporó del todo, quedándose sentada junto a él. El cabello le cayó sobre los hombros desnudos, enfatizando el delicado arco de su clavícula, su piel dorada. Era perfecta. Y era suya. Porque lo había elegido, a pesar de todo.

—¿Qué hay que entender? —le preguntó divertida—. Es media noche; supongo que sea lo que sea puede esperar hasta mañana por la mañana.

—¿Por qué querrías hacer algo así? —inquirió él. Una parte de él temía la respuesta, pero necesitaba saberlo—. Después de todo lo que te he hecho... ¿por qué no saliste corriendo cuando fui a buscarte?, ¿por qué no te alejaste de mí lo más rápido posible?

Tristanne alargó una mano para acariciarle el hombro, y dejó que sus dedos se deslizaran por su brazo antes de dejar caer la mano.

–Ya sabes por qué.

–¿Amor? –murmuró él con aspereza, casi enfadado–. ¿Es eso lo que quieres decir? El amor no existe, Tristanne. Es una manera que tenemos de engañarnos los seres humanos. Una manera de escondernos, de excusarnos.

–Eso no es verdad. Lo que tenemos aquí, ahora, es real –replicó ella inclinándose hacia él para besarlo en el hombro–. No depende de nada; no tienes que demostrar nada; es un hecho.

Aquel argumento lo desarmó, y su corazón palpitó con fuerza. Se sentía mareado aunque no había probado ni una gota de alcohol durante horas. No se atrevía a mirarla a los ojos. Tenía miedo de lo que pudiera ver en ellos. O tal vez... tal vez lo que le daba miedo era lo que ella pudiera ver en los suyos.

–Mañana nos iremos de luna de miel –le dijo–. A las Maldivas, a Fiji... donde tú quieras.

–Ya estamos en una isla, Nikos –le recordó ella–. ¿Tenemos que irnos tan lejos para ir a otra?

–Es lo que hace la gente. O eso me han dicho.

–¿Y por qué tenemos que hacer lo que hace la gente? –le preguntó ella–. ¿Por qué no hacemos lo que nosotros queramos?

Nikos sacudió la cabeza y, dejándose llevar por un impulso, se bajó de la cama y la rodeó para ponerse de rodillas frente a ella. Frotó las palmas de las manos contra los muslos de ella y la miró a los ojos. En ellos vio calidez, vio fuego, y todas sus defensas se desbarataron de inmediato.

–Te quiero –murmuró Tristanne. Y alzó la barbilla, como desafiándolo a que le dijera que no la amaba, igual que lo había desafiado a que no la dejara. Era la mujer más valiente que había conocido en toda su vida.

–Yo no sé lo que es el amor –le dijo Nikos, escogiendo las palabras con cuidado–. Hasta ahora no me había querido nadie. Aquéllos que deberían haberme querido me abandonaron; me detestaban.

–Lo sé –respondió ella en un susurro. Sus labios temblaron, y alargó una mano para peinarle el cabello con los dedos.

–Eres la única persona que lo sabe todo de mí –le dijo Nikos–, o cuando menos la única que ha visto lo peor de mí y ha permanecido a mi lado.

Tristanne se inclinó y lo besó, primero en la frente y luego en la mejilla.

–Te quiero –le dijo con sencillez–. Amo tanto la oscuridad como la luz que hay en ti. ¿Qué otra cosa podría haber hecho sino casarme contigo?

–Deberías odiarme –murmuró él.

–Ya es demasiado tarde –le susurró Tristanne–. He estado enamorada de ti desde el día en que te conocí. Jamás podría odiarte; por mucho que te esfuerces.

–Tristanne... –musitó Nikos, pero no sabía qué más decir.

Sólo sabía que su nombre era como una plegaria de esperanza para él, como una canción. Sintió que algo se resquebrajaba en su interior, liberando su alma, como si hubiese estado enterrada en hielo, en un crudo y largo invierno durante mucho tiempo que por fin había terminado. El deshielo estaba empezando.

–No sé lo que es el amor ni cómo amar –susurró mirándola a los ojos–, pero pasaré el resto de mis días intentando amarte como te mereces, Tristanne; lo juro. Aunque tengas que enseñarme, te prometo que aprenderé.

Una sonrisa radiante iluminó el rostro de Tristanne, y Nikos sintió que comenzaba a arder de deseo por ella de nuevo, como siempre.

—Creo que estoy dispuesta a aceptar ese reto —le dijo—. Pero lo primero es lo primero, Nikos.

Él sonrió confundido.

—¿Lo primero es lo primero? —repitió.

—¿No vas a saludarme como es debido? Ahora soy tu mujer.

—Ya lo creo que lo eres —respondió él—. Y yo soy tu esposo.

—Y ésta es la primera noche de nuestra vida de casados; de nuestro futuro.

—Nuestro futuro... —repitió él, y una parte de sí lo desafió a creer en ello.

Tristanne le abrió los brazos, ofreciéndole todo lo que siempre había deseado, y que hacía mucho que había dejado de esperar, hasta que ella había aparecido en su vida: un hogar, una familia... amor.

Por ella estaba dispuesto a intentarlo. Sí, por ella.

—Ven aquí —le susurró Tristanne—. Tenemos muchas cosas de las que hablar.

Bianca™

¿Se rendirá su jefe al amor?

La guapa, inteligente... y empedernida soltera Emily Wood es la directora de Recursos Humanos más joven que ha habido en la empresa en que trabaja. Tan sólo su cínico jefe, Jason Kingsley, parece inmune a sus encantos...

Jason está acostumbrado a que las mujeres caigan rendidas a sus pies, pero no está interesado en las relaciones a largo plazo. Emily cree en el amor, así que no entiende por qué está empeñado en utilizar su indiscutible poder de seducción con ella...

Inocencia y poder

Kate Hewitt

Acepte 2 de nuestras mejores novelas de amor GRATIS

¡Y reciba un regalo sorpresa!

Oferta especial de tiempo limitado

Rellene el cupón y envíelo a
Harlequin Reader Service®
3010 Walden Ave.
P.O. Box 1867
Buffalo, N.Y. 14240-1867

¡Sí! Por favor, envíenme 2 novelas de amor de Harlequin (1 Bianca® y 1 Deseo®) gratis, más el regalo sorpresa. Luego remítanme 4 novelas nuevas todos los meses, las cuales recibiré mucho antes de que aparezcan en librerías, y factúrenme al bajo precio de $3,24 cada una, más $0,25 por envío e impuesto de ventas, si corresponde*. Este es el precio total, y es un ahorro de casi el 20% sobre el precio de portada. !Una oferta excelente! Entiendo que el hecho de aceptar estos libros y el regalo no me obliga en forma alguna a la compra de libros adicionales. Y también que puedo devolver cualquier envío y cancelar en cualquier momento. Aún si decido no comprar ningún otro libro de Harlequin, los 2 libros gratis y el regalo sorpresa son míos para siempre.

416 LBN DU7N

Nombre y apellido	(Por favor, letra de molde)
Dirección	Apartamento No.
Ciudad	Estado	Zona postal

Esta oferta se limita a un pedido por hogar y no está disponible para los subscriptores actuales de Deseo® y Bianca®.
*Los términos y precios quedan sujetos a cambios sin aviso previo.
Impuestos de ventas aplican en N.Y.

SPN-03   ©2003 Harlequin Enterprises Limited

Deseo™

Esperanzas ocultas

HEIDI RICE

La vida de Mac Brody en Hollywood no tenía nada que ver con su turbulenta juventud, y así era como le gustaba vivir. El legendario chico malo se negaba a que Juno Delamare lo juzgara por rechazar la invitación de boda de su hermano.

Mac no podía olvidar a la peleona Juno, de modo que acudió a la boda para evitar sus críticas... y para quitarle el vestido de dama de honor. Cuando su apasionada noche llegó a oídos de la prensa, Mac se la llevó a su casa de Los Ángeles, donde mantuvieron una breve pero ardiente aventura.

La gerente y el famoso actor de Hollywood

Bianca™

Había anhelado hacerla suya...

A Lily Parisi unas vacaciones en Milán le parecían ideales. Su mundo se había visto sacudido hasta los cimientos al sorprender a su novio engañándola, sin embargo ahora estaba decidida a seguir adelante con su vida... ¡sola! Pero no por mucho tiempo... En Italia se encontró con alguien a quien conocía, Alessandro de Marco, y sus planes se modificaron un poco...

Hacía tiempo que Alessandro deseaba a Lily, aunque jamás había intentado seducirla. Pero una vez que tuvo a su alcance lo que siempre había anhelado, le resultó imposible mantener el control... Había llegado el momento de correr riesgos... ¡en especial porque la intensa atracción parecía ser mutua!

El sabor de la pasión

Helen Bianchin